老百姓、再び！

手代木公助

田畑書店

老百姓、再び！◎目次

夷客回想録

夷客往来記

序

本書は、二〇一五年一月に八十四歳で他界した父手代木公助が、亡くなる前三、四年の間に出版を意図して書きためていたエッセイを一書にまとめたものである。父は一九九六年に田畑書店から中国での庶民との交流体験を綴った『北京の老百姓』（老百姓は中国語で庶民の意）を出版している。この度その縁で、再び田畑書店から前著の続篇として本書を出版させていただくことになった。『老百姓、再び！』という題名はそのことに由来する。

父は会津喜多方の古くからの呉服屋に生まれた。父の祖父は、大正期に小川芋銭、竹久夢二ら芸術家を招き、喜多方の独特の文化を育んだ喜多方美術倶楽部の会員だったという。文化と教育を重んじる家風と田舎町ののどかな雰囲気の中で、父は戦中戦後の青年期を過ごした。前年の新中国（中華人民共和国）誕生が、敗戦後まもない日本で知識人の共感を巻き起こしていた一九五〇年に上京し、大学・大学院で中国近代史を専攻した。その後、東京、千葉で高校教師として二十六年にわたり世界史を教えたが、その間も新中国への強い思いは絶えることなく、いつか中国で暮らしてみたいと考えていたようだ。組合活動に熱心で管理職など眼中になかった父は、三人の子供が成人すると定年をまたずに高校教師の職を辞し、日本語教師として母とともに中国に渡った。一九八六年四月、父が五十五歳の時のことである。おりしも南京大学に留学中だった私は、上海虹橋空港で父を出迎えることになった。それから九一年七月まで五年余にわたり、父は広州、北京の大学等で教えながら庶民と同じ目線で中国社会を見つめつづけた。北京に滞在した二年十ヵ月のうち、一年四ヵ月は天安門近くの胡同にあった四合院（北方の伝統様式の住宅、四方を囲む形で四棟がたち、中央に中庭がある）で庶民とともに暮らし、天安門事件に遭遇することにもなった。こうした父と母の生活は、北京で暮らす多くの外国人とは全く異なっていた。それは、当時外国人が望むようなものではなかったし、望んでも容易にかなえられるものではなかった。父の中国への関心は、中国近代史を学んだことと無関係ではなかったろうが、研究者が持つようなそれではなかった。父は中国の市井の庶民の中に身を置き、彼らと人間同士の友情を温めることを何よりも大事にし好んだ。こうした中国への接し方は、おそらく幼少から父の中に形成されていた人間観にねざしていたのだろう。父はかつて次のように述べている。

中国に関する情報は、老百姓についても以前にくらべれば量としては著しく増大した。学者・ジャーナリストの中には庶民的感覚の持ち主も多かろうし、かつ真実を伝えようとする真摯な努力もなされているが、彼らがいったん筆をとれば彼らのそれぞれの専門的な難解な表現になってしまうから、老百姓の真実の姿や心情などは国民大衆の間にはなかなか伝わりにくい。最近では日本庶民の中国旅行も盛んになったが、庶民とはいえ彼らがいったん旅行者になれば、中国老百姓の目には豪華な大名旅行である。企業から派遣される駐在員に至っては、彼がいかに善意の主であっても、まさに企業戦士として経済〝進出〟の至上命令に従わざるを得ないのは、かつての軍国主義下の皇軍兵士と一緒である。このような状況のもとでは、両国の国民大衆が互いに諒解し合って真の意味の両国の友好関係を樹立するなどはとうてい望み得ない。両国の懸隔を埋めるためには庶民ペースでの交流こそが肝要であろう。

(『北京の老百姓』あとがき)

中国からの帰国後、父は「庶民ペースの交流」の実践を志し、二十年余にわたり日中友好協会千葉支部の活動を続けるかたわら、老百姓との人間同士の交流の想い出を綴ったエッセイを数冊の本にまとめた。第一章「老百姓、再び！」に収めたのは、そうしたエッセイの続篇である。かつて発表した文章を書き直したものもあれば新たに書き下したものもある。父なりの中国文化論も含まれる。読者は人間味ある交流の中に父が真の友好への手応えを感じていたことを見出すだろう。

八十歳前から父は〝ボケ〟の進行と不眠に苦しむようになった。多少ともはり合いができればと思い、「この際ボケを逆手にとってエッセイの材料にしてみれば？」と勧めたことがあった。いわれるまでもなく、父は中国の想い出を書き直すのと並行して、すでに「ボケと付き合う」というテーマでエッセイを書き始めていた。書くことが、失われていく記憶をつなぎとめながら、同時にみずからの〝ボケ〟の進行を記録するという新たな意味を持つようになり、この作業があたかも生きている証しのように亡くなる直前まで続いた。第二章「夷客回憶録」、第三章「夷客往来記」には、そうした中で書かれた文章を収めている。第二章は、故郷喜多方での少年期や東京での学生時代の想い出である。軍国主義下の教育や戦後の明るく自由な雰囲気の中での父の人間形成や中国との出会いがうかがえる。第三章では、〝ボケ〟が「付き合い」の相手から「抗い」そして「刃向う」相手に変わっていった様子を書いている。苦しい中での執筆であったはずだが、書かれた文章は相変わらず軽妙かつユーモラスである。第二章、第三章と中国体験に取材した第一章は直接つながるものではないが、八十歳を過ぎた著者が到達した人間観、人生観という意味では一体のものとして読んでいただけると思う。なお「夷客」とは父が漢詩にこっていた頃の号で、かつて日本人が「東夷」、東北人が「蝦夷」と呼ばれたことをふまえている。蔑視のニュアンスのある「夷」という文字に父はむしろ愛着を感じていた。

かつて数千年にわたり高度な文明を誇りながら、十九世紀半ば以来欧米そして日本による半植民地化を経験した中国は、二十世紀の激動をへて今日世界における新たな立ち位置を模索している。中国という国家の動向だけを見ていると、私たちは中国に生きる十四億の人々と無関係に、あるいはその限られた側面だけを見て、勝手な中国像を描きがちである。確かに急激な経済成長は彼らの価値観にも変化をもたらしている。しかし中国の人々とじっくり接する時、私たちは忘れかけていた人間の温もりを思い出す。数千年の歴史が培った人間同士のつながりを何より重んずる伝統が今も息づいていることに気づき、そこに親しみをいだく日本人は少なくない。父がめざした

「庶民ベースの交流」が、今日一層その重要性を増していると痛感する所以である。本書が前著の読者はもとより、中国との友好を願うより広範な読者にあたたかく迎えられることを願っている。

手代木有児

老百姓《ラオバイシン》、再び！

中国文化の矛盾——漢字のこと

古いワープロのファイルを整理していると、昔、作った外字（漢字はやたらに多いからワープロには収まり切れないことがある。ワープロにはそういう漢字を作る仕掛けがあって、その字を外字という）があちこちから出てきた。私は中国語や中国古典などの仕事をしていたものだから、やたら外字を作ったものだが、今ではそれらの大部分は消えてしまった。以下の二十数字が残っていた。

瓠　鄧　嬴　呢　跟　媽　你　趙　〓
鸐　哪　怎　〓　趄　奶　趏　滐　驫
龘　𧺆　煞　汩　弇　趚　〓

その一部は、今でも中国ではごく普通に使われているが、日本ではワープロでも出てこない（機械が古いせいかもしれない）、奶、呢、怎、你、哪などがそれだ。これらの外字は大分苦労して作ったものだ。当時の中国の最高指導者であった鄧小平の〝鄧〟

著者愛用のワープロ

の字もワープロには出てこなかった。〝奶〟の字も日本では馴染みがうすいが、〝奶々〟と言えば〝かあちゃん〟や〝ばあちゃん〟のこと、最も庶民的な言葉である。元来はこの字は〝乳〟や〝乳をやる〟ことである。残っているものも多くは殆ど意味がわからない。〝鵂鶹〟は二字あわせて一つの鳥名であると記憶していたが、確かめてみると、それは「みみずく」のことであった。

〝𧺐〟とは何のことか、と諸橋大漢和辞典で調べようとした。ところが、この字にたどり着くには大分ひまがかかった。走偏のこの字がありそうなあたりを探している間にこれまでには気付かなかったようなことに気が付いた。

走偏には〝はしる〟の意味の漢字がやたらに多いのである。趂、趄、趙、𧺆、趏、赳、趚、趨（趨を除く七つの外字は、今回ひまにまかせて新たにシコシコ作った）など。以上挙げたのは一部分にすぎないし、例えば、𧾍（あわてはしる）のようにニュアンスのやや異なるものは書き並べなかった。走偏の始めから終わりまで丹念に調べただけでも、〝はしる〟の意の字は更に多くなる（走偏でも、起、越、趣、超などは上記六字に比べて遥かに私たちに馴染み深い）。考えてみれば、このように殆ど同じ意味の文字がやたらに多いのは当然のことである。なにしろ中国はべらぼうに広いから、方言が甚だ多い。その方言ごとに同じ意味の言葉が違うはずである。日本ではこんな場合かなで表記するが中国ではそうはならない。それらがそれぞれ違う漢字で表されているのであろう。それに中国には悠久の歴史がある。この間の言語上の変遷も容易ならぬものがあろう。因に、〝大漢和〟の字訓索引を調べてみたら、〝はしる〟にあたる文字が百四十九もあった。〝はしる〟の例は、私がたまたまその一部を調べただけのことである。〝はしる〟のようなごくありきたりの言葉を示す漢字の数もみなはなはだ多いに違いない。

結局〝⿺走聿〟字は何のことか、実は前述した百四十九字中の一つであった。つまりこれも〝はしる〟である。

こんなことを書き並べていたとき、たまたま通りかかった街の食堂の垂れ幕に「⿰馬面」という奇妙な文字が掲げてあった。こんな字はみたことがないし、辞書にも載っていない。恐らく店の主人が店名に因んでこんな字をでっち上げたのだろうと、その時は思ったが、その店名は忘れてしまった。

ある人から漢字で最多画のもの、知ってるかね？　と聞かれた。答えあぐねていると、「そりゃ〝𪚥〟の字だ」。なるほど、〝龍〟字は十六画、四つ合わせれば、六十四画。これ以上の画数はありそうもない。もしあるとすれば、同じく十六画の〝龜〟か十七画の〝龠〟の部であろう（以上三偏より画数の多い偏はない）。念のため調べてみたが、両偏ともそんな多画の字はなかった。〝𪚥〟の字は〝テツ〟と読み、「言葉が多い」の意味だそうだ。因に〝龘〟の方は読みは〝トウ〟、「龍の行くさま」である。どうでもいいようなことに拘っている、と感じられるところが、〝文化〟の文化たる所以であろう。

ところで、〝文化〟とはそもそも何なのか。諸橋大漢和辞典で調べたが、出て来ない。日本では「文化国家」になって以来、無闇に〝文化〟の文字が氾濫しているが、この辞書にないということは、昔の中国にはそんな言葉がなかったのかな、とさえ思った。どんな名著でも、抜け落ちはあるものだ。中国で入手した〝漢語大詞典〟を調べると、①に「文治教化」とあり、これが中国の文化の基本的概念らしい（②③には日本人も一般に文化と称しているようなこと、④は考古学用語）。その辺が日本とは違って伝統的で政治的である。

中国文明の奥の深さがとてつもなく大きいことは、このような文字のあり方で分かると思う。馬鹿馬鹿しいくらいだ。逆にその馬鹿馬鹿しさが文明の偉大さの証しでもある。

何しろ中国は歴史の古さ、土地の広さが甚だしい。そこに矛盾の最大の原因があると言えよう。

前述した「文治教化」は、とてつもなく古い文化を、その広大な土地に行き渡らせることにある。人口の大部分を占める農村出身者は、都市生活者に比べて甚だ劣悪な条件のもとにある、と言う。この格差を解消することは気の遠くなりそうな話だ。

「牀前、月光明らかなり」

私の書斎の片隅に李白の有名な詩の拓本が掲げてある。

牀前明月光
疑是地上霜
挙頭望明月
低頭思故郷

牀前、月光明らかなり
疑うらくは、是れ地上の霜かと
頭を挙げて明月を望み、
頭を低れて故郷を思う

これは、北京の琉璃廠《リユウリチヤン》の骨董屋で入手したもの。この景徳鎮という店には屡々《しばしば》訪れたが、ある日北京滞在の記念に、と奮発してその店で最高の値のついていたのを買ったのである。これを見せたところ或る友人（夜学校で日本語を教えた学生）が「サスガですね」と褒めてくれた。サスガとは日本人なら金持ちだということなのか？ 但し、彼は私が北京にいる日本人並みの金持ちではないことを重々知っていたはずだ。だとすれば、私の眼識に敬意を表したのか、いやただのオベッカだったのかも知れない。

これを入手したとき、私は充分この書家のことを知っていたはずである。ところが、これを久しぶりに取り出した時には、すっかり忘れてしまっていた。改めて調べてみると、書家は文徴明であった。文徴明は明の人、書画詩文に優れた有名な文人。嘉靖三十八年に九十歳で死んだ。この書は一五五八年に書かれたことになる。

ところで、この李白の詩はおかしいと思う人があるかもしれない。
曾て私が日本で見たこの詩は、冒頭の句が「牀前看月光」であったような記憶がある。最近さらに調べてみると、前述した「看」字の外、第三句が「挙頭望山（！）月」になっている。伝聞するところでは、後代になると中国で古詩の表記の仕方に変化があったらしい。日本で一般に行われているのは、その変化以後のものであろう。

普通、五言や七言の絶句では同じ文字を二度使うことはないようだ。明、月、頭などが二度ずつ出てくるのは、と疑問が残る。その辺のことはよく分からないので敢えてふれないでおく。

二年ぶりの北京——鍵

一九九三年六月、二年ぶりに北京を訪れた。空港には四合院在住時【註】（一九八九年四月——九〇年七月）の大家である陳《チエン》さんが出迎えてくれた。

二年の間に四合院には、かなり変化があった。陳さんの母親の李大姐《リーダーチエ》は相変わらず健在で得意の開玩笑《カイワンシャオ》（冗談）で私を迎えたが、姥姥《ラオラオ》は九十九歳の高齢で他界していた。たまたま隣家の楊《ヤン》さんが帰宅して陳家に顔をみせたが、その夫人も数カ月前になくなったと聞いて愕然とした。かつては家事一切を引き受け、その代わり勤務が甚だ楽で遅く出掛けてだれよりも早く帰ってきた楊さんが、今では勤め先の事情が変わったこともあって陳さんにまさるほどの精励ぶりだという。当然愛妻の死の打撃からも立ち直っていた。七十歳をすぎながら職場を離れるのをいさぎよしとしなかった張《チャン》さんも、この春からは完全に退職した。ちなみに張家には電話が入った。

【註】四合院《スーハーユエン》：中国北方の都市の胡同（横町）にある古風な住宅。今では大分消滅しつつある。

　陳さんは職場から新たに住居を配分され、彼と夫人の小蕭《シャオシャオ》がそちらに移り、息子の鵬《ポン》君と母親の李大姐とが依然四合院に住んでいた。私たち夫婦のねぐらであった東房は張老夫婦の孫たちが住んでいる。だから、陳家は、私を優遇する意味から私をスマートな新居に泊まらせるつもりであった。実は私としては四合院に泊まりたかったのだが、こちらの勝手を言うわけにもいかない。大姐の心づくしの夕食と歓談のあと、私は夫婦の案内で新居に向かった。それは外からみるとごつい感じの公寓《ゴンユイ》であったが、内部は若い世代に好まれる瀟洒な二ＬＤＫである。陳夫婦は食事は朝夕大姐のところで済ますというから、家族の団欒は充分にあるが、世の常の嫁姑の煩わしさは今ではほぼなくなったに違いない。新居の分配は陳家にとってやはり幸せなことなのだ。恐らくこのような家族のあり方は大都市ではかなり一般的になりつつあるのだろう。そう言えば張さんの家庭も似たようなところがある。

　夫婦はいくぶん誇らしげに私を応接間に招じ入れた。かつてすすけた四合院の中で不釣り合いな感じであった組合櫃《ヅーハーグイ》（流行の新式家具）がここではしっくりと収まっていた。ソファがベッドを兼ねていて、この応接間が私の在京中の根じろとなった。というのは差し当たりここに二泊してそのあと三日後にまた二泊する、かつ滞京中荷物をここにおいてもらうという条件である。

　陳さんはいつでもこの根じろに入れるように私に玄関の鍵を渡してその扱い方を教えた。豊台（北京の東北）の公寓に住んでいたとき私は鍵の掛け方でまごついた経験がある。二重に鍵がかかる仕掛けになっていて、最初右だか左だかにねじり更にそれを逆にひねるようにしてからガチャリと音をたて、も一度似たようなことを繰り返せば

わが四合院の隣人たち（一九八九年九月）

開くのである。方向オンチというよりは左右オンチの私はややこしくてやりきれなかった。覚えてたと思ってもすぐ忘れる。面倒くさいので、それに盗難の恐れなどまずあるまいと思っていたから、二重の鍵を〝一重〟式に使っていた。ところがここの公寓の鍵はなんと三重式である。陳さんは丹念に掛け方、開け方を教えてくれ、私は自分でおさらいを済ませたが、ちゃんと覚えたかどうかは不安であった。

陳さんはさらに、何か困ったことがあったらいつでも電話を下さい、と言った。「以前とは違ってPB機があるから、電話の便は非常によくなりました」

陳さんは腰にさげていた、そのPB機なるものを取り出して説明した。それはポケットベルのことだが、日本のとは大分趣が違う。急な用件があるとき、先ずPB機の会社を呼び出し、電話したい相手のPB機の番号、こちらの姓名、電話番号を告げる。会社側は当該のPB機にこちらの電話番号、姓名をしらせる。それを受け取った相手は、最寄りの電話から直ちにこちらに連絡することになる。この機器のことは以前聞いたことがあったが、当時はごく一部のエリートサラリーマンの所持品に過ぎなかった。今ではすごく普及したらしい。

翌朝、私はゆっくり休ませてもらい、夫婦が出勤したあと、のこのこ起きだし第一日の行動にとりかかった。出かけるとき三重鍵は難なくかかった。ところが、しばらく歩いているうちに忘れ物に気がつき引き返した。慌てたせいか、開け方がどうしても思い出せない。左右の回転とひねりとねじりの組み合わせは、全部で2の7乗、つまり百二十八通りある勘定だ。見かけない男が長いこと鍵をガチャガチャいじっていては人に怪しまれることは必定。私はやむなく居民委員会に行った。おばさんたちが

陳家の人々と（一九九九年八月）

三人詰めていた。幸い陳さんが委員会に私のことを話しておいてくれたので、プライバシーがどうのという問題にはならず、一人のおばさんがついてきて鍵をあけてくれた。

「日本には鍵を掛ける習慣はないのかね」「もっと単純なのをね。中国のはさすが複雑だね」とはせめてものお世辞。

その夜はも一度鍵の扱い方の復習をした。居心地がいいので、この根じろでは、四泊のほか一回の昼寝をさせてもらった。

京劇のこと

中国語ではマニアのことを〝迷〟の文字で表す。球迷《チウミー》と言えばサッカーマニア、棋《チー》迷《ミー》は将棋（象棋）マニアのことである。古き佳き時代を懐かしむ人々の間には、戯迷《シーミー》（芝居狂い）が多い。

先日《北京好日》という中国映画をみた。永年京劇劇場につとめ雑用を一手に引き受けときにはちょっとした代役もこなした老人が、退職してのち街の京劇愛好家のグループと知り合い、その指導者に祭り上げられる。熱心のあまり〝指導〟が強引になり過ぎ、会員たちの反感を買いグループを離れることになるが、結局またもとのさやに収まりそうな具合になって映画は終わる。市井のあちこちにいそうな人物の戯迷ぶりが面白かった。京劇は言うまでもなく、北京中心に発達した芝居であり、地方にはそれぞれの地方劇（粤劇、晋劇、越劇、昆劇など数えあげたらきりがない）があるが、地方にも大抵京劇の劇団があって京劇の戯迷も各地に散らばっているようだ。
例えば、私が広州赴任早々に相知った史学助教授の顔《イエン》さんは、正真正銘の戯迷で、好んで私に京劇の唱腔（京劇の節回し）を披露した。ときには女形の声色を使ったりする。なかなか堂に入ったものであった。

去年（一九九三年）の六月、北京を訪れたおり友人宅の客間に演劇関係の新聞がおいてあった。ふと見ると、「張学良将軍曰く『国劇を見なけりゃ中国人じゃない』」という見出し。読んでみると、最近北京の京劇劇団が台北で公演した際の記事であった。劇団は台湾人士の熱狂的な歓迎をうけたが、中で最近自由の身となった九十三歳の張学良が熱心に観劇し、数名の俳優を招待して歓談したという。彼もまた戯迷の名に恥じない京劇通である。

広州や台北でさえこんな具合だから北京に京劇マニアが多いのは言うまでもない。《北京好日》のように胡同などで仲間が集まり表演するのもけっして珍しくないが、やはり一人で楽しんでいる人が圧倒的に多い。銭湯で唱腔を唸っている人、散歩しながら道白（台詞）をとなえる人、中には京劇の舞台の上の仕草を路上で演じている人もいる。

私が京劇を見たのは多くは人民劇場においてであった。切符が売り切れる場合が多いから、大抵二、三日前に買っておく。ある晩、劇場の入り口近くで一人の老人に声をかけられた。北京人特有のあまりにも軽快な言葉で却って分かりにくいが、切符はもっているか、と聞いたようであった。持っている、と答えると、老人は嬉しそうに私の後についてきて、私と一緒に劇場に入った。私は切符を持っているが、老人は持

四合院のわが家で（一九八九年十二月）

たない。当然係員が彼を呼び止めた。彼は私を指さして「この人が……」などとごまかしながら、急ぎ足で中に入ってしまった。私はわけが分からなかったが、あとから考えてみると、老人はひどくその日の芝居が見たかったのである。切符が入手できないので、私の影にかくれて係員を出し抜き入場することに成功したのだ。劇場の中で私はこの老人をみつけて声をかけたが、彼はそしらぬ顔をしていた。芝居が佳境に入ると、彼はしばしば舞台に向かって「好《ハオ》！」と叫んだ。これは芝居通のやることで〝叫好〟と呼ばれる行為である。歌舞伎通の「播磨屋！」「高麗屋！」の類いと同じことらしい。

私自身もいわば付け焼き刃の戯迷であった。戯迷と言っても周りには京劇について問いただすべき同好の士が皆無で、かつ演劇関係の刊行物にどんなものがあるかも分からない。従っていつ、どこで、なにをみるか、迷ってばかりいるという情けない戯迷であった。たまたま書店で『京劇大観』という分厚い本を入手し、これが唯一の伴侶となった。ある日劇場に行く途中のバスの中でこの本をめくっていると、前にいた青年がおずおずと「その本はどこで買ったのか」と尋ねた。青年も同じ芝居を見に行くところであった。彼は東北の出身で田舎にいたころから、京劇に憧れていたが、実は京劇のことはなにも知らないし、自分の周りにもその知識のあるものがおらず、その『京劇大観』を探していたのだと言う。まるで私そっくりの戯迷である。

北京には戯迷が多いと言っても大部分が老人で若者はごく少ない。老人の京劇ファンは京劇を肌身で知っているから、本や刊行物の類は必要ない。だから一般の書店や郵便局（各種新聞雑誌の販売を担当している）を覗いても京劇関係のものはめったに見つからないのである。

私が人民劇場に足繁く通っていた一九九〇年は京劇成立二百年に当っていた。私は当時そのことには気づかずにいたが、そのことを知ったときには、すでに都心部をはなれ郊外の大学に勤務していた。演劇は一般に夜間上演されるから物理的に観劇が不可能になった。その年末から翌年にかけて都心では二百年記念の上演や行事が盛大に行われた。このキャンペーンによって京劇界は一大飛躍を遂げ、若い世代にも京劇が相当程度浸透するようになったと思われる。三十代の友人の家で演劇新聞などを購読するようになったのにはそんな事情があったのだ。

六・四天安門事件

一九八九年六月四日は、中国人にとって永く忘れられぬ日となろう。当時、北京の天安門近くに住んでいた私にもその記憶は生々しい。

事件は、事実上六月三日に始まった。私自身もこの日、今までになく異常な状況を目撃した。外出から戻って来ると、住居の近くの十字路のあたりで、人々が騒いでいる。バスを囲んだ群衆の何人かが、そのバスの上に乗っかっている。事情が分からぬままその場を離れたが、しばらくしてそこに戻ると、今度は軍用車が新華街を北に向かって進んで来る。何日も前から、北京の周辺部では、民衆が軍用車に乗った兵士たちが天安門方面に向かうのをやめさせる説得をし、兵士たちも敢えて強硬突破をしないでいることは聞いていたから、さほど気にもとめなかった。同じころ、妻は西単で

北方工業大学の宿舎で、中国の友人と（一九九一年四月）

軍用車を追い返そうとしているのを見ている。この時も、話し合いをしていたという。妻がみたのは、私が見たのと殆ど同じであったらしい。家に帰ってしばらくすると、近所の女たちが声高に話合っている。聞けば新華街あたりでは、民衆と兵士たちの衝突があり、催涙弾が落とされたとのこと。私たちが見たバスは、軍用車の天安門侵入を阻止するため民衆が引っ張り出して来たものであった。民衆側は色々の形でバスを利用していた。当時天安門広場には幾十台ものバスが並んでいたが、これは学生たちが夜のテント代わりにしていたものであった。

その日はテレビやラジオで「今夜は外出しないように」との当局の特別の指示があった。既に戒厳令が出ている中での、念を入れた指示であった。

戒厳令などというものは、どこの国でもめったにあるものではないが、それによって人出がますます増えるというような現象は世界の戒厳令史上でも珍しいのではあるまいか。私たちも例の如く天安門広場に出掛けた。書きとめておいたメモをそのまま引用すれば、事件前夜の天安門広場の情景は次の通りである。

「（前略）夜八～九時ころ二人で天安門に〝散歩〟。今までの最高の人出。異常な緊迫感。人民大会堂のあたりに手製の武器をもって待機しているもの三三、五五。また大会堂の裏側には軍用車が横倒しに破壊されていた。〝敢死隊〟ののぼりを立てた一団がねり歩く。天安門のはす向かいに備え付けられたスピーカーで、一人の男が李鵬首相の口調をまねている。風刺的なアジ演説だ――群衆の哄笑や拍手。（後略）」

帰途人々が至るところで聊天（オシャベリ）していた。通常の聊天と違うのは、その中に学生や知識分子がまじっており、彼らが民衆に工作していることだ。その夜は十二

六・四事件前、メーデーの日のおだやかな天安門広場（一九八九年五月）

時には寝てしまった。妻は時々銃声で目を覚まし、その度に隣人の聊天の声を聞いた。

あくれば六月四日。

同じ四合院の住人たちは一晩中寝なかったという。私は天安門で三千人が殺されたと聞いて呆然とした。当局が極めて重大な決断をしたことは疑いない。当然相当の死傷者が出つつあろう。しかし、昨夜から今朝未明にかけて天安門広場だけで三千人も殺せるはずがない。これはためにするデマか、誤伝であろう——そんな風に思っていると、息子から国際電話があった。日本では、北京で百五十人の死者が出たとのニュースがあったという。私はそれを聞いて、まあそんなところかも知れないと思い、幾分ほっとした。当局が事後（六月六日）発表したところでは「負傷者、兵士五十余、市民二千余、死者合計三百余——うち学生二十三」であった。

即日（六月四日）高自連（学生の自治会の連絡組織）が発表したところでは、「死者三千余」である。

後者の数は前記の噂と符合するが、多くの人は天安門でのことと思ったようだ。

二、三日前までは、殆どの北京市民は、そんなことを予想だにしていなかったばかりでなく、人民解放軍に全幅の信頼を寄せていた。だからこそ、北京の中心部に進入しようとする軍用車や戦車の前に、民衆が何のおそれもなく談笑しながら立ちはだかるという状況が続いたのである。それが瞬時にして軍民が敵味方に分かれてしまった。そのショックは極めて大きい。

事後、日本では、「極悪非道の権力」に対する「民主を求める民衆」のたたかいという一面だけが強調された感じがある。

直接に見聞した私に言わせれば、六・四は権力と民衆とが「一致協力」して演じた惨劇であった。これは権力も悪かったが、民衆も悪かったとして十何億総懺悔的に、責任の所在をぼかしてしまうことではない。

中国人一般の問題として見た場合、この激動の期間中、私はおびただしい数の阿Qたちが活躍しているのを感じた、ように思う（もっとも、彼らにひどく同情していたことも事実である）。阿Qの生みの親の魯迅は、この中国の典型的人物を農民出身の無産者として描いているが、魯迅自身が自らの中に阿Qをみとめていたということは、よく指摘されることである。つまり、永い封建的支配体制のもとで培われた中国人の一般的人格として阿Qは描かれた。だから、農民はもちろん労働者、学生、兵士、知識分子の中にも、阿Qはいるはずなのである。中国人の中の阿Q的性格は様々の〝改造〟を経過したと思われるが、六・四という極限状況において、またも先祖がえりした阿Qが現れ出た――というのが私の実感である。

大姐《ダーチエ》（我が四合院の女主人、陳さんの母親）に、絶対外には出るな、と念を押されていた私は、院に閉じこもっていたが、何とも落ち着かない。そこに久しぶりに史さんがやって来た。ひょんなきっかけで、浴池（銭湯）で知り合った労働者である。彼は私が外国人であることを意識してゆっくり話してくれる。

「そんなに家の中に閉じこもっていては、体に悪いでしょう」

「大姐に、外に出るなと言われていますから……」

「私がついていますから、大丈夫です」

北京の魯迅故居を訪ねた著者（一九九〇年一月）

そう言われて私もその気になった。

「何ならブラついたあとテレビでも見ませんか」

散策のあと、彼の家に立ち寄った。奥さんと高校生の娘さんがテレビを見ていた。おあつらい向きにニュースがすぐ始まった。当時四合院の私の家にテレビはなかった。

「天安門前流血属妖言（天安門前の流血はデマ）」との見出しが現れる。

その後に学生たちが造った女神の像が倒壊される場面が写った。この像は当時喧伝されて人気を呼んでいたが、当局からはにらまれていたものである。

それが戦車によって粉々に打ち砕かれるのを見て、史さんは

「これが権力《チュアンリー》だ！」と怒鳴って私を振り向いた。私は黙って頷いた。

娘の小史は解説を聞きながら、泣き叫んだ。

「みんなデタラメよ！」

動乱中、怪情報やデマが乱れ飛ぶ中、何を信じていいのか分からなかった。そんな中、人々は外国からの情報を求めた。中でもV・O・A（ヴォイス・オヴ・アメリカ）の中国語放送がかなり広く聞かれた。前述の〝天安門前の三千人殺戮〟もこれによるものであった。そして実はこれこそ全くのデタラメであった。中国当局はやっきになってこの報道を否定し、V・O・Aを非難するキャンペーンを続けた。

この点について、私は数人の信頼する友人に質問した。

「そのことに関する限り当局の言うことは間違っていない」と彼らはみな答えた。そのうち三人は共産党員である。共産党員は党を本気になって批判するが、この時はそうではなかった。V・O・Aの報道は儲け本位のものであり、ついでにアメリカの宣

伝をかねていたに違いない。

学生の声援活動をしたものの大部分は、実は共産党員であった。私の知人二人——日本語学校の学生——もそうであった。

私は中国共産党が「天安門では殺していない」と発表したことのうらにある含みが問題である、と思う。実は党は一方では「天安門で〝歹徒（凶徒）〟を殺した」ことを認めている。殺したのは〝歹徒〟であって学生ではないということだ。

この点については、以下のように問題点を指摘しておきたい。いずれも大義名分上疑問が残る。

歹徒だからと言って殺してもよいはずはないが、ここに言う〝歹徒〟は真に歹徒の名にふさわしいものであったのか。

学生は殺さない方針であった（?）らしいが、その理由として、次の点が上げられる、のも社会主義国家としては甚だ穏当を欠く。

①学生は将来の国家の幹部である。

②その中には、国家の指導者の子弟や係累者がいる。

③学生を殺せば、後で面倒なことになる。

歹徒の汚名を着せられた人々の大部分は、好人物で勇み肌の無辜の若者であったろう。例えば、私たちが目撃したバスの屋根に乗っかってイキがっていた人々の相当部分が「聖域天安門広場の回復」という至上命令によって、まるで無作為のくじに当たったかのように殺されたに違いない。それは阿Qの殺され方とそっくりである。

魯迅は阿Q的人物の消滅を願ったのではない、と私は思う。彼は阿Qを愛すべき人間として描いているからである。今後、現代の阿Qたちは、国家の都合によって、このような殺され方をされるようなことがあってはならない。そのためには阿Qたちは自らを改造し、かつ相互に改造し合わなくてはならない。中国社会にとっては大きな課題である。

以上述べたところは、〝先進国〟の民ぶった物言いと聞こえるかもしれない。しかし、私自身をも含めて日本には日本なりの〝阿Q〟がワンサといるのだ。いわゆる先進国の多くもそうだ、と私は考える。

南京虐殺記念館で

一九八五年のことであった。当時、私は千葉県立の某高校に勤務していたが、そこでの二十二年目にあたっていた。余り長居するのは、まずかろうと思って校長に聞いてみた。

「来年は転勤したいと思いますが、どこか適当なとこはありませんか？」

すると、校長は笑いながら

「君を採ってくれそうなところはまずないね」

校長がそう言うのももっともだ。私は当時教員組合の役員をやったりしていたから、校長連が採用したがらないのも無理はない。

「遠慮しないでここに止まったらいいじゃないか」

この校長とは、私は大分気があっていて、互いに言いたいことを言い合っていたのである。その後、私はいっそのこと、この際かねてからの予定であった中国在住のことを来年に早めようと決心した。そしてその年の夏休みには、息子の住む南京を探訪した。

その南京をそろそろ引き上げて広州に出かけようとしていると、南京虐殺記念館が直ぐ開館すると聞き、私は是非見ておかなければと思った。一日か二日出発を遅らせて、息子とともにその記念館を訪れた。

日本人がこんな所に来るのは、と気を遣って歩いたが、さして問題はなかった。開館早々で館内は大分混んでいた。

私は小学生のころのことを思い出した。その時、下級生のあまりぱっとしない子が、「日本の兵隊さんはシナでひどいことをしているそうだ」と言ってから、わけのわからないことを言った。

今にして思えば、当時少なくとも一部では南京虐殺のことが知られていたはずだ。この子はその聞きかじりの話をしゃべっていたのだ。

私を含めた上級生たちは、〝模範生〟らしく一斉にその子をなじった。

「そんなデタラメを誰が言ったんだ」

「天皇陛下の軍隊がそんなことをするはずない」

そんなことを思い出しながら、館内に入ると、日本側の見地からは〝あるはずのない〟写真がずらりと並んでいて、私は圧倒された。館外には虐殺の像がたくさん並んでいた。私たちはそれを写真におさめて帰ろうとした。

開館直後の侵華日軍南京大虐殺遇難同胞記念館（一九八五年八月）

その時一人の青年が側に寄って来た。

「日本の方ですね」一応通ずる日本語である。息子は留学二年、これも何とか通ずる中国語が話せる。ちょっとの間中国語でやりとりしたあと、青年が私の方を向いた。

「お話したいことがあるんですが……」

息子はそんな気になっているらしい。私もそんな気があるにはあるが、場所が場所だけにまごついた。大げさに言えば覚悟をきめて私も青年と話合うことにした。

三人は、とある食堂に入った。

「突然、失礼なお願いを致しまして……」

「いや、中国の若い人とお話できて嬉しいです」実際この時には楽しくなっていた。食事を注文したあと青年は改まった口調で言った。

「特にあそこに来られたのはどうしてですか？」

「もちろん、日本軍の残酷さには義憤を感じていたからです。ただし、父には私などとは違う特別の意味があるようですが……」

「私は子どものころ軍国主義の真っ只中で教育されましたからネ」と私は口をはさんだ。「若い人たちとは大分違うんでしょうね。中国でも時代の差で考え方に開きがありますが」「もちろん、ひどく違います。当時の風潮の中で、私は十三歳の時には軍人の学校にはいりました。それで日本軍は正義の味方でアジア人のために戦っていると考え、戦後も、暫くはそう思い込んでいました」

「本当にそう思ったのですか？」

「思ったと言うよりも信じていたのです。一九四五年の敗戦で軍の学校から引き上げ

杭州、岳廟にて。右から長男・有児、公助、次男・建。（一九八五年八月）

るときには、その学校の中で一種の盟約が取り交わされ、よくは覚えていませんが、将来米英への復讐のために決起しようというものでした。故郷に帰ってからその盟友たちとは文通が続き、しばらくは盟約を確かめあったものです。さすがに一年もたった頃には、その熱もさめ、私は一人の盟友から〝転向声明〟の知らせをうけとりました。その簡単な文面のはがきの端に、申し訳のように小さな文字で〝スグヘン〟とあり、私自身も〝同感〟の旨の返事を直ちにしたものでした」

「その頃軍関係に行ったことのある若者はみんなそんなであったのですか」

「いや、そんなわけではありません。ただ、軍にいたことで、却って軍国主義的思考からはっきり離れようとする場合が多かったようです。普通はそんな風には思いませんから」

青年とはそんなことを話合ったように覚えているが、もとより漠然とした記憶によって書いたものである。

南京行きのあと、私はさらに広州をも訪れた。この時の体験により、私は翌年の四月から六年に及ぶ中国在住が始まった。

思えば、あのときの南京行きは私が中国と実際に係わった始まりであった。

張学良の「兵諫」

中国の中学校の歴史教科書に接する機会があって、「西安事件」（蔣介石が敢えて日中戦争に向かわないでいるとき、張学良が西安滞在中の蔣を軍事的に包囲し、これに抗日

侵華日軍南京大虐殺遇難同胞記念館、中庭の群衆レリーフ
（一九八五年八月）

を働きかけた事件）のところを拾い読みしてみた。事件の結末部分を、この教科書では、張学良と楊虎城は一九三六年十二月「十二日に蔣介石を監禁して〝兵諫〟を実行した」と記している。

「兵諫」とは、我々日本人には聞き馴れない言葉である。おそらく事件当時の中国人にも珍しい表現であったと思われる。にもかかわらず、この「兵諫」の文字によって蔣介石対張学良の緊迫した雰囲気が生き生きと想像することができる。「諫」とは本来言論による説得であり、「兵」とはこれと全く相いれない強制力そのものである。それを繋げることによって意味深長なニュアンスが出ているところは正に漢字なればこそであろう。

一見して、私は、この「兵諫」の語は、衝撃的な事件にたいして当時のジャーナリズムが作り出した造語であって、それがやがて教科書にも載るほどの言葉として定着したのだろうと思った。が、もしやと思って調べてみた。何と、それは二千年以上も前の史書『春秋左氏伝』に出てくる言葉であった。

鬻拳という者が、その君主の楚子を諫めたが、楚子が聞き入れなかったので、兵を以て楚子と対決しこれを従わせた、という。ほかに《資治通鑑》にも「兵諫」の話が載っている。要するに、「兵諫」とは大義のために発する止むにやまれぬ緊急の措置である。軍を恣意的に動かす暴挙ではなく、その正反対の厳粛な義挙である、とする思想が歴史的に形成されて来たと思われる。教養豊かな張学良は正にその歴史的思想性によって行動したのであろう。つまり、彼の行動は、時のジャーナリズムが思いつきで「兵諫」と称したのではなく、張学良自身が、自分は「兵諫」をやるのだという明確な信念のもとに行動したが故に、「兵諫」と称せられたということである。そこには歴史の重みが厳として存在している。

張学良には蒋介石の自分にたいする処遇に知己を得たという思いがあった。父、張作霖の日本側による謀殺のあと、張は蒋の南京政府に忠誠を誓った。「士は己を知るものの為に死す」というが、彼の蒋介石への思い入れはそのようなものであったのかも知れない。

もっとも、一面では蒋介石は張学良にとって父張作霖の大恩人だったから、形の上で蒋介石を裏切った張としては蒋のいかなる処遇にも甘んじた。彼は事件後蒋介石によって捕らわれの身となり、台湾につれ去られ、生涯を台湾の獄中で暮らすことになり、少なくとも八〇年代までは外部との接触を断たれていた。老齢に至って、さすがにほぼ制限のない自由の身となったらしい。一方、中国本土においては張への同情・尊敬の念は絶えることなく、静かに続いていた。そんな九十歳代後半のある時期、張は本土を訪れ人々の歓迎を受け、ジャーナリズムにもてはやされたことがある。たまたま、私は当時中国滞在中であったが、張さえその気になれば、故郷に帰って安楽な余生を楽しむこともできるであろうにと思ったものである。張がそれをしないのは、〝万死に値する〟我が身を一旦蒋に委ねたからではあるまいか。この辺の事情については大陸の大衆文芸に様々の憶測がある。

『春秋穀梁伝』には『左伝』の前掲記事をうけて、鬻拳が楚子を「兵諫」したのは、楚子を「愛すればこそ」である、と評している。張もまた「愛」する蒋介石への誠実さを生涯かけて貫いたのであろう。「兵諫」とはさほどに重みのあるものなのだ。張学良が兵諫を強行する前に蒋介石に行った説得は「哭諫」（申伯純『記・西安事変』）と称せられたことも付記しておきたい。

ある中国老人との対話――〝ママ〟のこと

大分昔（一九八八年九月～九一年七月）のことだが、私は北京に住んでいたことがある。ある時、何の目的もなく、汽車に乗ってぶらりと出かけた。目の前の席に一人の老人がいた。妙にそわそわしている。私は眠ろうとしたが、寝付けない。老人はしばらくこちらを見ていたが、何か言った。私がぐずぐずしていると、いきなり上着とシャツを脱ぎ、背中をこちらに向けた。痒くてたまらないから掻いてくれ、というのだ。私が背中を掻いてやると、老人は「謝々」と言ってから「你是従哪児来的（アンタどこから来たの）？」と聞いたようだ。「従日本。你呢（日本から、あなたは？）」

「従湖南来的」（湖南から）

「湖南是毛沢東主席的故郷、是嗎？」（湖南は毛沢東主席の故郷ですよね。）

「対々！　湖南是毛主席生誕的地方。我是他的……」（そうだ。湖南は毛主席誕生の地だ。わしは主席の……）

後は何のことか分からない。ポケットから紙とボールペンを取り出して渡すと、彼は何やら系図みたいなものを書いた。見れば、〝我〟は毛沢東の祖父の祖父の、その孫の孫にあたるというのだ。

「你跟他見過面嗎（彼に会ったことあるの）？」「当然、見過」

「見過几次（何度会ったの）？」「只有一次」（一度だけ）

「那時候你説什麼呢？」「忘了」（そん時、何しゃべったの？　忘れた）

その時彼はまだ子どもだったに違いない。大人だって忘れよう。聞くだけヤボだが、外に何も言えないから聞いたのだった。今度は彼が聞く番だ。

「中国怎麼様（中国はどう）？」

「非常好！」

更に聞く。

「日本是什麼様的地方（日本ってどんなトコ）？」

「マーマーフーフー」と私は答えた。

このマーマーフーフーを私は日本語の「まあまあ」位の意味だと思っていた。だから、返答に窮した時は、多くこの「マーマーフーフー」でごまかしていた。どう書くのか覚えがないので、今回辞書を引いてみたら〝馬馬虎虎〟とあって、訳は「いい加減、デタラメ……」などである。この時の私の返事は「まあまあ、いい所ですよ」の〝いい所〟を省略したくらいのつもりだった。

ところが知らずにとは言いながら、私は祖国を軽視する言い方を平気でしていたのだ。「俺の中国語はこんなものだったのか」と今更ながら自分の〝馬虎ぶり〟を後悔したが、今となっては後の祭りである。因にマーマーフーフーは「麻麻胡胡」「媽媽胡胡」とも書く。

話はちょっと飛ぶが、ここに出て来た「媽媽」は〝はは〟、〝ばば〟の意である（「媽」の一字も「母」の意味）。英独仏語、さらにはラテン語の mama とそっくりだ。が、

「媽媽」がこれらのヨーロッパ系の言葉の写しでないことは「媽」字がはるか昔から存在することからも明らかだ。両者は関係なく別々に使用されていたに違いない。私は中国人がmamaという言葉をしゃべるのを聞いているはずだが、ヨーロッパ流のmamaを真似ていると、無意識に思っていたに違いない。そのころ、私は〝媽〟という字を意識していなかったのだから。後で知ったことだが、〝かあちゃん〟をママまたはマーと呼ぶのは世界中、大部分のところで昔から共通していたらしい。そこには何かそうなる必然性があるのかもしれない。母はどこでも最も慕わしい存在であり、マアやママにはその感じが自然に現れる響きがあるということか。

日本語では、古来からママやマアが母を指していたわけではないが、赤ん坊が母親に乳をねだる時、〝ウマ〟（むしろ〝ンマ〟に近いように思われる）と言う。これは教えられて覚えた言葉ではなく、自然に出てくる音ではなかろうか。それをおとなが〝ウマウマ〟と表記した、と思われる。これは上記の世界的現象に通ずるのではあるまいか。

楊正光先生のこと

広州の師範大学で日本語を教えていて、そこを辞めることになったとき、是非北京の学校に移りたいから、その紹介を、と教授の黄先生に頼んだ。黄さんはいろいろ骨をおってくれたが、広州と北京とでは電話の連絡がままならず、なかなかラチがあかない。たまたま北京に行くことになっていた学生の共産党員Ｓ君に私の世話を頼んでくれた。Ｓ君は北京に着くと早速私を天安門の近くの小学校に連れて行った。門前には小学校の看板と並んで、「北京日本語学校」の文字が掲げられている。

そこで紹介されたのが楊正光先生である。因にこの看板の文字は当時特異の書風で知られる溥傑氏（〝満州国〟皇帝溥儀の実弟）に手になるものであった。

楊先生にはいろいろ世話になった。今も手元に残る広辞苑は、同校で私の辞書が数冊紛失したおり、難渋だろうと贈られたものである。

私の帰国（一九九一年七月）後しばらくして先生は日本を訪れたが、たまたま先生は上京を前にして大阪で急病になり入院、私は取り急ぎ大阪に至り前後策を講じたことがあった。

日中友好協会の千葉県支部は当時設立したばかりであったが、先生に講演を依頼する予定であった。それはかなわなかった。先生はそのまま帰国を余儀なくされ、間もなく他界された。


先生はいかにも好々爺という面構えで、常に笑顔で学生や職員に接していた。日本語学校は形式上の年配の校長がいたが、事実上は彼が校長であった。彼が属する中日友好協会北京支部の場合も彼が事実上の支部長であった。その周辺の日本人はみな彼の世話になっていたはずである。ある時、私は先生に誘われてとある食堂で御馳走になった。「これは北京でも有名なうまいものだ」そうだ。尋ねてみると先生は紙になにやら難しい文字を書かれた。その文字は忘れてしまったが、確かにうまい味であった。

某さんが先生に尋ねたことがあるそうだ。

「何か珍しい漢字を教えていただけませんか」

「そう言われても、普通の日本人が知っている以上のものは、わしには特にはないよ」しばらくしてから、先生が某さんに示したのはこんな文字であった。

①⿱虤曰　②⿰月⿱罒吳

①は「二虎が争う声」のこと（音はギン）。

②については先生はこう言ったそうだ。

「調べてみたら、この字は〝おんな〟と読むそうだ。この手の字は少し大きな辞典を調べれば沢山ある。わしなどに聞かんでもネ」（北京日本語学校時代のメモから）

こんなところにも楊さんの親切さが感じられる。

今回、②の文字を調べてみた。確かに楊さんの言う通りである（諸橋大漢和辞典）。それにしても何故この字が〝おんな〟なのか、の説明はない。月、日、矢などが「女」と関係があるとは見当もつかない。ついでに、爿偏はどんな場合に用いるのか調べた。

これには①ねだい　②臺　③店などにかかわるものが多いらしい。が、依然として何のことか分からない。漢字には奇妙なものが多いがこんなものは珍しい。

梁さんのこと

広州に初めて勤務してまもなく、遅れてやって来る妻を私は上海に出迎えた。人込みの中で妻を見付けだして一安心、そのあと広州に戻らなければならない。大学側が用意してくれた乗車券購入申込みの書面と証明書をもって切符売り場の行列に並んだ。ところが係の女は誰に相談することもなく〝没有《メイヨウ》（ない）〟を連発するばかりである。私たちのすぐ後にいた夫婦が同情を寄せ、苦労して私たちから事情を聞き、窓口にむかってくどくどと弁じてくれた。女は、それなら売ってやる、但し身分証明書は一枚だから切符も一枚だ、と実に理不尽なことを言うのであった。最初おだやかに話していた旦那のほうが、これを聞いてカンカンに怒り出した。この間奥さんのほうは周りの人々に私たちの事情を話していたが、彼らはみな口々に女の横暴をなじり一緒になって抗議してくれた。悪代官のような女もこうなればしぶしぶ売らないわけにはいかなかった。私たちは夫婦にぺこぺこお辞儀をしみんなに手を振って別れた。まるで黄門様のラストシーンであった。これを手始めに見ず知らずの人に助けられたことは幾度もあった。まして朋友の援助は数え切れない。

それらの恩義には及ぶべくもないが、北京にいたとき私も一度だけ人助けの手伝いをしたことがある。

梁《リャン》さんは三十九歳、かの有名な邯鄲の出身。会社の命令で日本語の勉強をしに北京にやって来た。私は日本語学校の依頼で彼を含む数人に四合院のわが家で短期の特訓をすることになった。

前にも触れたが、中国の都市のあちこちには巨大な防空壕の跡があって、種々の施設に利用されている。梁さんが住んでいたのはそんな防空壕跡のホテルで、無論宿代は格安である。二カ月もの長逗留なので会社側は予算の出し惜しみをしたのであろう。

あるとき私はふらりとそのホテルに立ち寄った。受付の男はしばしば私を観察していたが、私が梁さんの〝老師《ラオシー》（先生）〟だと知ると丁重に留守中の彼の部屋に請じ入れ、もうすぐ戻るでしょうと言った。その途端に停電になってしまった。なにしろ地下の停電であるから、文字通りの暗黒である。男は蠟燭をともし、そのまま部屋に留まっ

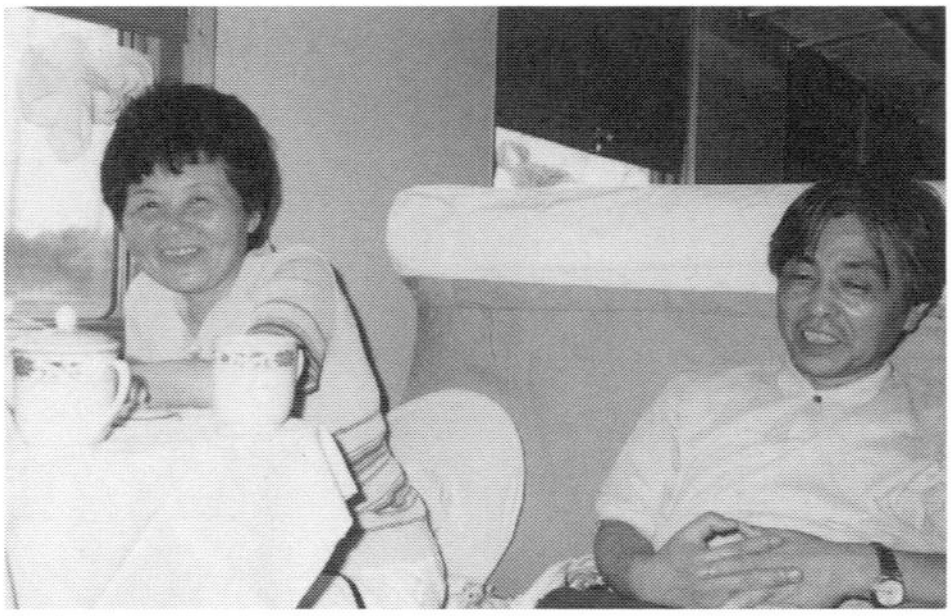

広州にいた頃、汽車の旅（一九八六年八月）

て私に付き合った。

私は梁さんの老師だと称してはいるが、受付の男にすれば、その確証はない。彼は暗闇の中で急にそのことが気になり、私を見張っていたに違いない。そのことを後で話したら、梁さんは
「彼は、蝋燭の光のもとでは、見れば見るほど先生の顔は怪しげに見えた、と言っていました」と言って大笑いした。

梁さんが上京したばかりのことだ。彼がわが家に入るなり、

「女をヒロってしまった」と妙なことを口走っていかにも困惑げな顔をした。なにごとかと尋ねると、今朝突然はたちばかりの女の子が彼を訪ねてきて住むところがなく困っているので、なんとかしてほしいと泣きついたと言うのである。

その子はやはり邯鄲の出である。住み込む予定の親戚の家がどうしても探し当てられなかった。いざというときは、梁さんのところに行けと言われたのを思い出してその通りにしたというわけである。梁さんとしては、その娘はもちろん彼女の両親とも面識はないが、ともかく今日中になんとかして当座の宿を世話してやらねばならない。

日本語の学習を始めたばかりなのに、休んでは申し訳無いので来るには来たが、なるべく早めに切り上げて宿探しに行かせてほしい、と梁さんは言った。

「当てはあるのですか」

「没有把握《メイヨウバーウオ》（見込みなし）」

彼は北京は今回が初めてで親戚もなければ知人もいない。強いて言えば「老師が第一個（一番目の）知人です」ということだそうだ。そこにつぎつぎと同じ特訓の仲間

四合院のわが家で、中国の友人と（一九八九年八月）

がやって来た。つまり梁さんにとっては第二個、第三個……の知人たちである。彼らは昨日初顔合わせを済ませたばかりであった。具合の悪いことには、この仲間はいずれも外地人（よそ者）で、事情は梁さんと似たりよったりだ。知人が若干いないでもないが、電話の便がわるく、急場には間に合いそうもない。私は大姐に頼めば……とも思ったが、彼女はここにやって来る学生たちには概して頗る冷淡だ。知識分子とはうまが合わないのである。

「先生は他にも同じような特訓グループを教えていると聞きましたが……」

と第二個知人が言った。言われるまでもなく、私もそのことを考えていたが、一人の女傑を思い出した。魚《ユイ》夫人、四十五歳。父親は大実業家で一族は広い豪邸に住んでいる。彼女のグループの特訓はその邸で行ったのである。そのことをみんなに話すと、早速連絡しましょうということになり、第三個知人が電話をかけに行った。魚夫人がOKしたことは言うまでもない。ことが決着したとき、当の娘は黄門役の私にも梁さんにもさしてぺこぺこしなかった。彼女が礼儀知らずだというのではない。中国ではこんなことは大抵ごく簡単にけりがつくのである。

文人白《パイ》さん

白さんはある官庁の役人である。当時三十七、八歳であった。

直接教えたわけではないが、日本語夜学校でよく見かける顔だと思っているうちに、ある日の放課後、帰り道が一緒になり声をかけられた。以後も時々同様のことがあって、やがて四合院なる我が家を訪れるようになった。初めは「日本語の上達がはかばかしくないので教えて下さい」などと言っていたが、そのうち日本語の上達はあきらめたのか、逆に私たちに中国語についていろいろ講釈してくれるようになった。

彼から教わったことの一つに「串門《チュアンメン》」という言葉があった。人の家に気軽に立ち寄ることだそうだ。

「僕がここに来るのも、串門ですな」

「というと……？」

「第一、予告などしたことありません。第二、何の目的もありません。ただ、おしゃべりをするだけです。第三、手持ちなどは絶対もって来ません。そんなことをするのは、文人たるもののやるべきことではありません」

彼は、知識分子などという野暮な言葉で自分を呼ぶのを嫌い、いくぶん自嘲気味にではあるが、文人をもって自ら任じていた。手持ちをもって来ないくせに、出されたものは何でもムシャクシャ食う。中国では、食事中放屁しても失礼には当たらないとはよく聞くが、その実、そういう場面にはあまり出会ったことはない。ところが、白さんは物を食っていようが、食っていなかろうが、遠慮なく鳴らした。それも腰で拍子をとるようにしてやらかしながら平然としている。

「文人というよりは野人といったほうがいいのでは……」

「是一様的《シーイーヤンダ》（同じことです）」

〃一様的〃とは、文人は即ち野人なりということなのか。この〃一様的〃は白さんの口癖で、彼は何でもかんでも一緒くたにしてしまう性癖がある。

そんなことだから、こちらまでが〝文人〟と〝野人〟を止揚してより高い悟りに達したかのような気分になってしまう。話していて楽しくなるのはそんな彼の性分のせいだろう。

白さんは北京生まれの北京育ちなのに、山西省が故郷だということになっている。実は北京にやって来たのは祖父の代で、自分自身はまだその故郷に帰ったことはない、という。こういう故郷の概念は中国ではまだ一般的なようだ。白さんは山西では自家がいかに有力な家柄であるかを、並べ立てた。ともかく、彼はまだ見ぬ故郷をやたら懐かしがる。山西人の友人も多いらしい。

我が四合院のほど近くに《京晋餐館》という食堂があった。〝晋〟の字は昔の国名だが、今では山西省を一字で示すときに用いられる。山西料理の名を連ねた看板に釣られて、妻とともにこの店に入ったことがある。中は山西出身のむつけき男たちのたまり場の感じであった。山西人の出稼ぎは昔から有名なのだ。この店のことを話すと、白さんは「じゃ、これから一緒にそこに出かけましょう」と言う。

妻はあのときの奇妙な雰囲気を思い出して行きたがらなかったが、たまたま夕食時に近かったので、白さんのしきりに食いたがる刀削麺——文字通り刀で削ったメンである——を試食するのも一興だと思い、彼と二人で出かけた。

餐館は前回の異様なまでの男臭さはなく、六、七人の客の中に二人の女性も交じっていた。案の定、白さんは隣にいた、若い二人づれに話かけた。

「自分は山西政府の白某々の甥だ」などと持ちかけたが相手一向に関心を示さない。白さんはちょっと所在なげであったが、そのとき救いの手が差しのべられた。後方の

北京裏町の食堂街

席にいた三人づれの中の年配の男が立ち上がり、白さんと親しげに名刺を交換し、他の二人にも紹介した。たちまち白さんは名士に持ち上げられた。行き掛かり上、彼は、私がまるで日本語教育の大権威であるかのような紹介をして、そのうち山西に旅行されるから、その折はよろしくなどと言った。

こんなやりとりは日本人からは他愛もないと感じられるが、もし私が白さんを通じて、あのときのあの人に……と頼めば、さらに幾人かの紹介を経て山西省のオエラ方からの招待旅行にもありつけよう。趣味じゃないから、そんなことはしないまでだが……。

六・四事件前の学生のハンストが行われていた頃、町角で自転車を走らせる白さんに出会った。「どちらに?」と問うと、

「もちろん、学生たちの声援に」

「そりゃまた文人らしくない」

「いや、文人なればこそ行くのです」

文人を自称する時のいつものおどけた調子はなく、生真面目な顔で彼はそう答えた。彼の一面を見た思いであった。

その後、二年ぶりで北京を訪れたおり、私は白さんの家を〝串門〟した。近ごろでは多くの人が何らかの形で住居が立派になっているのに、彼の楼房は昔のままだった。しかし、最近彼は某部門の主任に昇格し、それを機会に共産党に入党した、と言って嬉しそうであった。「そのうち新しい住宅に入居できるかもしれません」とも言っていた。

金さん、廉さん夫婦

　ふとしたはずみに、昔、北京日本語学校に勤めたころ、北京の東北の豊台という地でアパート住まいをしたことを思い出した。日本語学校の楊正光先生の世話になったが、居であった。そこの隣人に金さんとその夫人の廉さんがいて、随分世話による住長い間すっかり忘れていた。昔のメモをたよりに二人の名を調べてようやく見つかった。二人を思い出したものの、さてどんな世話になったのやら……。しばらくしてから、ハタと思いついた。旦那の金さんに中国語を教えてくれる人はいないかと、尋ねると、彼は「そんなら、内の家内がいい」と言った。この夫婦は、ある魔術団に所属し、奥さんは大学こそ出ていないが、その魔術団で教育係を担当し、北京語の指導はお手のものだそうだ。月謝は？　と聞くと、
「そんなものもらうはずないじゃないか」という顔をする
　それからは時々廉さんがわが家に来て教えるようになった。確かに彼女の教え方はうまかった。彼女に習った中国語に「乱七八槽」（槽とは桶のこと）というのがあった。〝目茶苦茶なこと〟を言う。七や八は中国語では〝いい加減な〟の意味をもつようだ。王《ワン》八《パ》蛋《タン》（ばか野郎）もその時にならったように記憶するが、王は最もありふれた姓でそこに八がついたわけだ。いつか授業のとき、学生がみな似たような作文をするので何げなく「君らはみなワンパターンだね」と言ったら、爆笑がおこりとまらない。女の子のなかには真っ赤になって目をふせているのもいる。どうやら〝王八蛋〟に聞こ

えたらしい。それも怪しげな発音だったのだろう。ちなみに王八蛋は〝忘八蛋〟とも書く。

金さんにはマージャン仲間がいて、しょっちゅうガチャガチャやっていた。廉さんは旦那がこれをやるのをいやがっていたが、わが家で中国語を教えるようになると、「これまで、うちの人がマージャンをやるのが嫌でならなかったたが、こちらにくるようになってからは、それがあまり気にならなくなったワ」と言っていた。実際、彼女はマージャンの日にわが家に来るようにしていたようだ。

そのマージャン仲間の一人に銭婆さんがいて、彼女を廉さんはひどく嫌っていたが、その銭さんはわが家のために白菜を届けてくれたりして世話になった。

その後、学校までの距離が遠いので引っ越すことになった。話がついてタクシーで出掛けた。着いてみると、話が違う。奥さんはその気でいるが、旦那の方は首を振る。すると、運転手が気安く「それじゃウチにいらっしゃい」と言ってくれた。姓は謙さん。彼の言に従うのもズーズーしいとは思ったが、外に仕様もない。その家につくと、謙さんはいとも気軽に「アッチがいいか、コッチがいいか?」と聞く。恐る恐る「アッチにしましょうか?」と尋ねると「俺にもその方がいい」で話はきまった。謙さんは夫人とは別居中。あんまり気ままなので、奥さんに愛想を尽かされたのかと思っていると、その奥さんが数日後にはやって来て、元のさやにおさまることになった。彼女も至って人がいい。外国人が間借りしたことなど、何ともないという感じ。北京っ子ってこんなものか……と感じ入った。

こんな具合で長居するのは申し訳がない。学校の近くに貸間（陳氏の家）が見つか

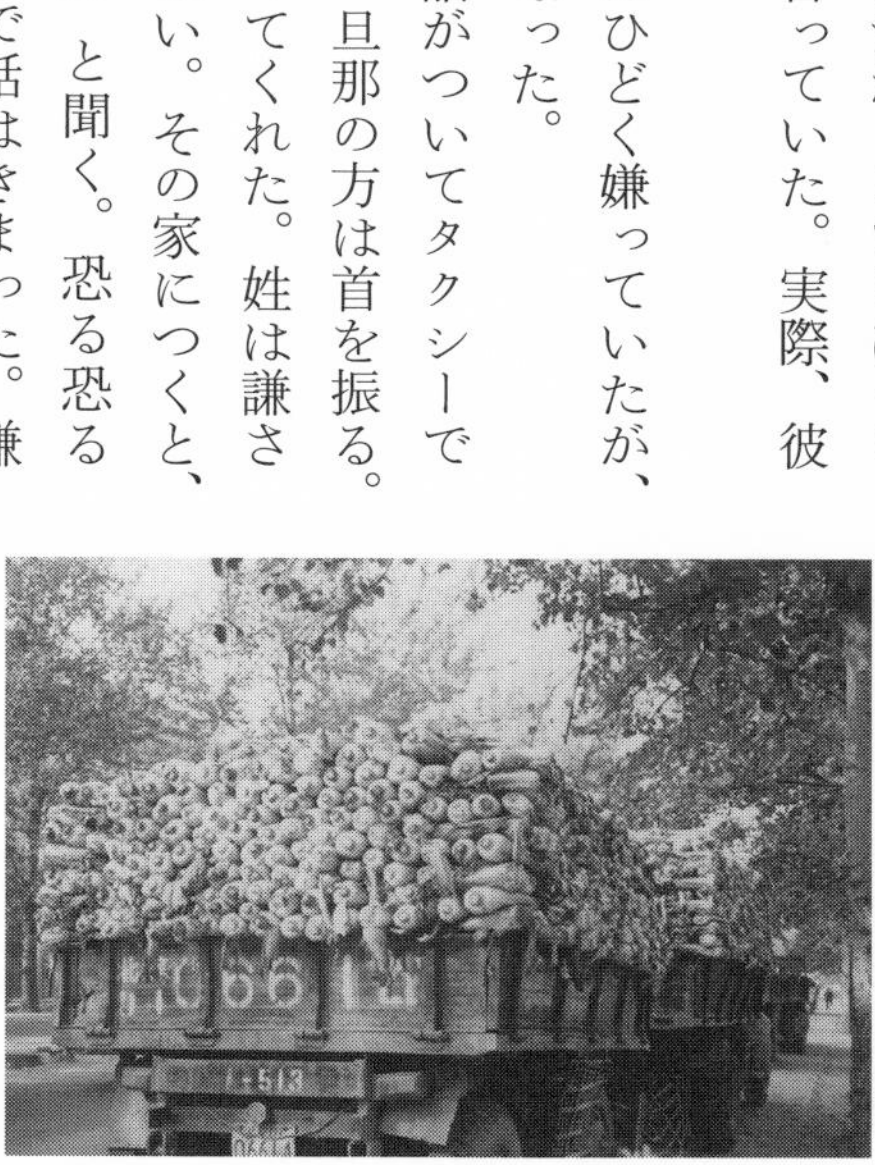

北京の白菜

りそこに落ち着いた。その後、金さんの宅は一度訪ねたことがあるが、帰国後は陳さんとは連絡しあったが、金さん夫婦と同様謙さんとは連絡が絶えた。両家のことをすっかり忘れていたことについては、「忘恩」の悔いが残る。

〝フハホト〟への旅

私も随分気ままな人間だ、と思うことがある。北京にやって来たばかりの一九八八年の夏休みをひかえて、急に内モンゴルへ旅したくなった。そしたら、聊君のことを思い出した。彼は広州外国語学院の教え子で、いまではフハホトで旅行社に勤めている。そうだ、彼と連絡すればいい。早速手紙を書いた。

まもなく届いた返事には「八月になると出張します。七月中にどうぞ。但し八月になる場合は某々君に頼んでおく」とのことであった。

私は七月中には出かけるつもりであったが、そうは行かなくなった。

ともかくも、出かけて行ったら、その某氏も急に出張していて、その某氏の計らいで別の社員が案内役をしてくれた。こちらは現地のモンゴル人で、漢字は知らないから、筆談はできない。英語をアヤツってみたら何とか通じた。さすがに旅行社員である。ただしこちらの英語は戦時中に習ったそれだから、発音がいい加減だ。英語で筆談をしたのは、その時が初めてだった。結構おもしろい旅であったが、記憶にはほとんど残っていない。

ただ、大草原のまっただ中で立ち小便をした時の爽快感が思い出される。かつて東

内モンゴル大草原にて（一九八八年八月）

京留学中の北京の学生を連れて山中を散策したことがある。尿意をもよおし、学生たちを誘うと、三人とも、

「そんなこと出来ません」

「ここは山奥だぞ」と言っても、皆もじもじしてている。

そう言えば、北京の街では至るところに公衆便所があった。

もう一つ。蒙古相撲のことを思い出し聞いてみたが、〝相撲〟の字は持ち出せない。やむなくあやふやな英語でレスリングを綴って見せたら、通じたと見えて相手はいきなり私に組みついて腰で投げるふりをした。きけば蒙古相撲では、土俵はないという。だだっ広い草原の中でやるんだろうと想像した。逆に日本には相撲もあれば柔道もあることを持ち出してみたが、果たして通じたかどうか。今でこそ、モンゴル人の国技館での活躍は音に聞こえているだろうが、当時はそんなではなかったはずだ。

書きながら、フハホトなどと記憶しているのは、例によって記憶違いかしらん、と不安になった。念のため地図で確かめてみた。フハホトに違いはないが、日本語ではフフホトとも書くらしい。漢字では「呼和浩特」である。

北京に戻ってから、聊君に礼状をだしたら、返事が来た。お蔭様で結構日本語が役に立っている、との文面をみて嬉しくなった。彼は中国で最初に日本語を教えた中の一人であった。

孔子と老子

北京にいたころよく孔子廟を訪れた。そこの建物は大成殿と呼ばれさすがに風格のある造りである。大成殿の称号は宋代に始まる。『孟子』万章下篇の「孔子之謂集大成（孔子を之れ集めて大成すと謂う）」の語によったという。

今ではあまり記憶がない。ただ、そのあたりに古い石碑があったのを記憶している。その碑文は、「役人はここまで来たら馬から下りよ」との意味であるらしい。同様の碑が、北京北方の承徳の避暑山荘前にもあった。ともに清代の建立になるもので、正に大清帝国にふさわしく五種類（漢、満州、蒙古、西蔵、回紇《ウイグル》）の文字が書き連ねてあった。

我が国では、寛永九（一六三二）年、尾張侯徳川義直が上野に先聖殿を建てたが、将軍徳川綱吉がこれを湯島に移し、大成殿と呼ばれるようになり、江戸幕府当時の儒学尊重の気風を今に伝えている。

私は、ここのムードが気に入り、時折訪れ休息したものだが、あるとき中をのぞくと、雰囲気がまるで違う。別なところに迷い込んだかナと感じて、ふと気が付くと、某々女子大学美術クラブの看板があり、中には裸体画が陳列してあった。当然いつもの孔子廟の静寂の気はなくなっていた。私はそそくさと立ち去った。借りる方も借りる方だが、貸す方も貸す方だと思ったものである。

恐らくアジアの各地にも、孔子廟があるに違いない。

清末以降、反儒の議論が盛んになると、いわゆる知識人の間では、一般に孔子への尊崇の念は影をひそめた感があるが、彼らも無意識のうちに、孔孟の影響を受けているようだ。

ある時、中国の学生が何かのはずみに、子路（孔子の弟子、チョット風変わりで無鉄砲なところがあって知られる）のことを私にしゃべった。私がその時の孔子の対応について何かいったら、学生は「孔子と子路とどんな関係があるのですか？」とケゲンな顔をした。我々日本人にとって、孔子と無縁なところで子路が出て来るはずはないが、彼の頭の中では子路は孔子から〝独立〟していたのだ。〝知識分子〟の言葉のなかによく『論語』や『孟子』の言葉が出てくる。「それ『論語』の言葉でしょう」などと聞くと、彼らは「そうでしたっけ」などと言うのである。

孔子と並ぶ思想家は老子であろう。

老子、姓は李、名は耳、字は聃（たん）。その有名な著作は『老子道徳経』とよばれているが、この「道徳」の名称は、上巻「道巻」、下巻「徳巻」から取ったという。但し、老聃が著わした時からそう呼ばれたのではない。

「詩・書・礼・楽・易・春秋」が、それぞれ〝経〟字をつけて〝詩経〟、〝書経〟……などと呼ばれ（〝六経〟）るようになったのは戦国時代末期以後のことらしいが、『老子道徳経』の呼び名も同じころに始まったらしい。

司馬遷の『史記』（老子韓非子列伝第二）によれば、老子は孔子に言ったという。

「君が慕う上古の聖人も、その身はおろか骨さえ朽ち果てて、今はただ空しい言葉を残すだけである。とかく君子は時を得て用いられれば馬車に乗る身となり、時を得なければさすらいの身となるもの。『良賈は品物をおくふかくしまいこんで、外見はむなしいようにみえ、君子は、すぐれた徳を身の内深くそなえて、外貌は愚かなようにみえる』と聞いているが、君の高慢と多欲ともったいぶりと迷いの念を取り去り給え。それらは君に何の益もないもの。私が君に言いたいのはただこれだけである」

いかにも老子らしい物言いである。が、どうもしっくりしない。これは恐らく老荘の徒が、儒派に対抗するためデッチあげた話ではあるまいか、と私は思う。

老子は周の出身である。その周に孔子がやって来た折り、孔子が訪ねたことになっているが、『史記』の記述にもかかわらず、孔子が周に行ったという記録は他には見当たらないようだ。周室を尊崇した孔子が周に行ったとすれば、『論語』には当然触れてありそうなものだが……。それに老子の生没年がはっきりせず、二人が会ったことは確かめようがない。

老子は虚無清静の徳を旨としていた。周が衰微したころ関（函谷関のことという）の地に移り、相変わらず無名のままだったらしい。そこの役人に

「せめて我がために書を著わしてほしい」

と言われて書き残したのが上下二冊の『道徳経』であるという。

一説によれば後世の史官の記録（孔子没後一二九年）に「周の太史儋なる者が秦の献公に謁見して言った。『秦ははじめ周と合い、合うこと五百年にして離れ、離れること七十年にして覇王たるものが現れよう』と」とある。

北京滞在時の著者の書架（一九九一年）

この儋字は老子の字（あざな）聃と同音タンである。ある人はこの儋こそ老子だと言うが、その真偽のほどは明らかではない。老子の生涯については明確なことは殆どないと言ってよさそうである。

中国のホトケ

中国と没交渉であったころ、私は何となく中国では信仰心などというものは殆どないだろうと思っていた。

戦後、中国は変わった、特に一九四九年の一〇・一革命後は中国共産党の指導のもとに何もかも変わった、と思われた。いや、多くの日本人がそう思っていた、と私は考えていた。しかし、社会の表面はともかく、人間の心はそんなに変わるものではない。早い話が我々の気持ちの奥底は殆ど変わってはいない。昭和も大正も明治も、恐らく江戸時代とさして違いはなかろう。

中国では意外に仏教が信心されていることが、日本ではあまり知られていないようだ。

中国の仏教は永い歴史があり、その間無数の寺院や仏像が世に出た。それらの影響がちっとやそっとの社会政治の変化で消滅するはずがない。

私は北京でしばしば古寺に行ったが、そこでよく女性が熱心に拝んでいる姿をみた。男はあまり見なかった。しばらく見ていても、なかなか動こうとしない。彼女らの心には釈迦は存在していないようだ。あるのは〝ホトケ〟そのものであるらしい。中国と日本では信心の在り方にも大分違いがあるようだ。

北京で卵を買った

北京の王府井という街で〝中国書局〟という書店をさがした。かなり有名な店のはずだが、道行く人たちは皆首をかしげて「知らない」という。四、五人目の男がアンタの発音は甚だ聞きにくいという顔をして「もう一度言え」と言った。私は頭の中で中国書局という文字に一々アルファベット式の発音記号と四声記号をつけながら、その名を発音した。聞き返されたときは、大抵そうすれば通ずるのだが、この時はそうは行かなかった。

「什麼書局《シャンマシユチユイ》？（何書局？）」

私は〝中国書局〟を何度もくりかえしたが、その度に相手は〝什麼書局〟を繰り返す。書局というあまり聞き馴れない言葉が通ずるのに「中国」が通じないのはどうしたことか？　今まで恐らく何百回となく使ったはずだが、こんなことは初めてである。中国の中で中国人と中国語で話すのに、今日に限って、肝心の「中国」が通じないのは……。

どんな文字かわからない言葉を説明するとき、中国人は日本人と同じやり方をする。この場合なら「中央的中、国家的国（〝的〟は日本語の〝の〟にあたる）」ということになる。しかし、これじゃ簡単な足し算を因数分解で説明するようなものである。二、三年来曲がりなりにも中国語を使って来たものとしては、〝中国〟まで筆談に訴えるのは情けない。人に聞くのをあきらめて、中国書局はどうにか尋ねあてたが、その日は一日中憂鬱だった。

「中国 Zhōng guó」が通じなかったのには、もちろん理由がある。日ごろ「中国」を口にするのは、親しい人と正に「中国」を話題にしているいる時だから、かなり発音が怪しくても通じたのだ。この日は、行きずりの人に突如前後の絡脈もなく、怪しげな発音をぶっつけたのだ。

zhōng の発音はかなりややっこしい。しかし、盲点は何でもないと思っていた guó の方にあった。日本語では「中国」を〝ちゅうごく〟と読むとき、その〝ご〟は鼻濁音である。関西ではそうでないらしいが、関東以北では鼻濁音になるのが普通だ（ただしガギグゲゴが語頭にある場合）。それが正しい日本語だと教わった記憶がある。

そのことが、無意識のうちに、私の発音に影響していた。つまり便宜上アルファベットの形で示せば、私は zhōng guó ではなく、zhōng nguó のように発音していたのである。こんな発音は北京語にはない。行きずりの人が、みな問いただしたのは当然であった。

学生と一緒に歩いていて、疲れたのでバスに乗りたくなった。停留所前で「坐車去吧（バスで行こう）」と言った（つもり）。だが、彼は「そうですか」と言いながらすうすた行ってしまう。私の言ったことが彼には「走着去吧（歩いて行こう）」と聞こえたのである。

ある日、散歩に出かけようとすると、妻が「卵を買って来て」と言って、卵の配給券を手渡した。食料品店で、「蛋有嗎?」と聞くと、女が「dàn没有（ない）」と答えた。蛋(dàn)とは卵のことだ。念のため同じことをもう一度聞くと、今度は「dàn是有的(dàn はある)」と言った。わけが分からなくなって、結局ないのだろうと思って帰りかけると、何故帰るかと言う。手には卵をもっている。そしてその配給券を突き返すようにして寄越した。

家に帰って妻にその票を渡し、突き返された次第を報告すると、彼女も首をかしげていたが、後で「さっきアンタにやったのは卵（蛋）票のつもりだったけど、糖票だったんだわ」と言った。

調べてみると、〝蛋〟はdànであり、〝糖〟はtángであった。こんな違いに私は気がつかなかったのだ。tとd（中国音の標記ではtは有気音、dは無気音）、anとangの違いが区別できない。中国語は私には難しい。

日本語と中国語の間

一九九三年にある雑誌（その名も忘れてしまった）に載せたものが押し入れの片隅から出て来た。これを多少修正して掲載する。中国で日本語を教えていたころの体験である。

作文に四苦八苦

次の語句を使って一連のつながりのある作文をせよ。（但し書き省略）
(1)土足、……がち、やたら、まごつく、手当たり次第
(2)はなぐすり、たちまち、（以下省略）
(3)ねまわし、やむを得ず、（以下省略）

これは私が中国の某大学日本語学科の四年生に課した試験問題である。〝土足〞〝ねまわし〞〝はなぐすり〞については、授業中に具体的に説明したことがある。これ以外は四年生ともなれば、知っているべきであるし現に大方は知っていた。もっとも、以下に示すように〝まごつく〞はかなりの学生が知らないでいた。これはこの語にあてはまる漢字がないことに関係あるようだ。この例から見れば〝はなぐすり〞や〝ねまわし〞に漢字を使わないでおいたのは、かなり意地の悪い出題であることがお分かりいただけよう。

成績はまあまあであったが、迷答案も様々出て来た。

まず(1)の例を見よう。

《私は運動不足になりがちなので、ある日土足して山野を駆け回った》……A君

《やたらにこづいたり、まごついたりするのは本人はもちろん国家社会にとっても望

ましいことではない》……Bさん

《その地方は土足り物豊かで、人は手当たり次第に自然の恵みをわがものにすることができる》……Cさん

つい迷答案と言ってしまったが、Cさんの文章などは、迷った揚げ句の名文である。〝土足り物豊かで〟はいかにも中国的な表現だが、日本文としてもしっくりおさまっている。日本の文学青年などにはとても真似ができない風格がある。私はうなってしまった。

〝はなぐすり〟〝ねまわし〟については、以下のようなものがあった。

《はなぐすりをあちこちからもらって、この長官はたちまち膨大な財産を作った》……Dさん

同じ〝はな〟でもどうやらこれは〝華〟らしい。華々しいわいろによって蓄財したという意味をこめているのであろう。

《彼女は文化大革命の混乱の中で、やむを得ず昔の友達の家をねまわしした》……Eさん　これは明らかに〝寝まわし〟である。昔、日本の遊女たちは、客を寝かせたのち、密かに他の客を別室にまねき入れつぎつぎに幾人かを相方とした。これを〝まわし〟と言った。自分の方が部屋を回っているのに、〝まわり〟と言わないのは、客をひきまわして稼いでいる、という気持ちの現れであろうか。知恵をしぼって書き上げたEさんには申し訳ないが、そんな不謹慎なことを思い出して私はおかしくなった。

日本語科の学生たちと（一九八七年頃）

窮余の策が名論に

(1)の答案として次のようなものがあった。

期せずして、以上の文例についての批評になっている。

《私たちは日本語を勉強するとき、日本語と中国語の違いに注意しなければならない。何でも手当たり次第に使ってはならない。例えば、私たちは日本語の「土足」という言葉を見て「土が足りる」と解釈しがちであるが、実は間違いである。また「まごつく」という単語をみて「孫付く」と漢字を当てはめてしまってはおかしなことになる。日本語も中国語と同じように漢字を使うのに、意味が違うことが多い。日本語の中で私たちはやたらに漢字を混用してはならない。……》……F君

こんな書き方は、窮余の揚げ句少しでも点数をもらおうという魂胆がみえすいている。それだけに当人の〝まごつき〟ぶりがしのばれる。

それにしても、F君の表記法とBさんの発想とを止揚すれば、「子付き孫付く」という概念が形成される。この表現はまことに言い得て妙だ。世界の人口問題が逼迫している今日、この表現は流行語になってもよさそうだなどと愚考したものである。

非日常的な漢語の法則

F君の文章には、中国の日本語学生の嘆きが滲み出ているが、私も逆の立場から、中国人的発想の日本語にたえず悩まされている。

単純な例から言えば、相手が当てずっぽに中国語をそのまま日本語読みにする場合

である。自動車のことを中国語では汽車《チーチャー》と言うが、自動車という言葉を知らぬ日本語学習者は、これをキシャと言ってしまうので話がこんがらかる。優秀な学生でもたまたまこの種の誤りをおかす。

ある日本語科の助教授と話したとき、私の質問に対して彼は「そのことについてはハアクがありません」と答えた。彼が言おうとしたのは「把握していません」の意味だろうと了解したが、これほど日本語に堪能な人でも、こんなヘンテコな日本語を使うこともあるのだな、とちょっといぶかしく思ったものである。翌日、彼は私を捕まえて「昨日は変なことを言ってしまいましたね」と照れ笑いをした。

彼の話によれば、日本語中の漢語は、日常的な言葉でなければ、多くは中国語の同文字の言葉とほとんど同じ意味になる。だから、「自信」という言葉をとっさに思い出せなかったので、それと同じ意味をもつ「把握《パーウォ》」をそのまま「はあく」と読み替えて使ったので、私を面食らわせてしまったということである。これなどはいかにも玄人らしい理屈がついているものの、中国人が日本語を使う場合に陥りやすい間違いの典型的な例だ。

ちなみに、彼の持ち出した理屈について言えば《日本語中の非日常的な漢語は、それと同文字の非日常的な中国語とほとんど同じ意味をもっている》と言えば、より真実に近いように思われる。前述した例で言えば「自信」とか「見込み」の意味で使われる「把握《パーウォ》」(名詞)はかなり日常的な言葉であるが、同じ「把握」が動詞として使われるとあまり日常的な言葉ではなく、それは日本語の「把握する」とほとんど同じだと言ってよい。もっとも何が非日常的かというと、別に客観的な基準があるわけで

北京で教えた学生たちと(一九九〇年四月景山公園で)

はないから、やたらに理屈をつけるとかえって混乱するかもしれない。

日本でも中国でも、ごく普通に用いられる「運動」という言葉は、両国において殆ど同じ意味に使われる。体育的な意味での「運動」、政治社会的な意味での「運動」、物理学上の「運動」などなど。ただし、微妙なニュアンスの違いはもちろんある。例えば、アジア競技大会は「亜洲運動会」である。最近では文化大革命中の「運動」への暗い思い出があるため、社会的政治的な活動には「闘争」という言葉をに用いるようになった。現在の中国では「運動」より「闘争」の方が穏健な響きがあるわけである（これを書いたころから大分年月が経過した現在でもそうなのかははっきりしない）。

どうして「彼は自信です」がいけないのですか

「自信」で思い出したが、ある学生が「彼は非常に自信です」と言って私をまごつかせた。ようやく彼の言おうとしていることを理解して私は言った、

「それは、〝自信に満ちている〟か〝自信を持っている〟と言わないと通じない」

「でも〝彼は温和です〟とか、〝私は自由です〟とは言えるんでしょう」

「……？」

この学生は無意識のうちに、「自信」という言葉を中国流に使っていたのである。中国では「自信《ツーシン》」は名詞であるとともに形容詞にもなる。「温和《ウエンハ》」や「自由《ツーヨウ》」が形容詞としても用いられるように。ところが、日本語では「温和な」「自由な」という形容動詞はあるが、「自信な」などという形容動詞はない。こんな所は、日中両国がいわゆる「同文」であるからかえってややこしい。〝キンチョウナカオ〟〝イゲンナタイ

ド〟などと言うのであれば、〝緊張した顔〟〝威厳のある態度〟の意味だとすぐ察しがつくが、この種の言い方でわけがわからなくなることがよくある。かなり日本語のうまい人が「カツドウナシコウ」と言った意味が分からず文字で書いてもらったら「活動な思考」であった。中国語の「活動」にはほぼ日本語と共通な意味があるほかに、形容詞として「可変的な」「融通性のある」という意味のあることを知った。つまり彼の言おうとしたのは、「柔軟な考え」くらいの意味であった。

門と玄関の間

大学の教師で十年ほど日本に留学したことのある金さんと会う約束をしたことがある。彼は日本語で「大学の玄関で待っています」と言った。その時、私は何の気なしにそれではそうしましょう、と言った。当日、指定された時刻に、彼の大学の本館の入り口の前で待っていた。ところが、金さんはなかなかやって来ない。信義に厚い彼が約束をホゴにするはずはない。何か突発事故でも起きたのかしらん、と思っていると、彼が息せききって走って来た。彼は大学の正門の前で待っていたが、遠くからこちらを見て、私がいることに気が付いたのである。「正門」と言えば、中国語も日本語も同じなのに、金さんがなまじ「玄関」という日本語をしっていたばかりに、かえって面倒なことになってしまった。日中辞典で「玄関」を引くと、「門口《メンコウ》」とある。ついでに中日辞典で「門口《メンコウ》」を引くと「玄関口」「入り口」と出ていた。玄関とは日本人なら誰でも知っているように、戸またはドアを開けて入る。ところが、門口《メンコウ》は門（つまり戸）そのものの存在するところである。前者には空間があるが、後者にはない。

最後に勤務した北京工業大学の正門（一九九〇年十一月）

国によってそれぞれ事情があるから、言葉の上で食い違いが出てるのは当然である。

日本の玄関では、客は主人側に挨拶してその了解のもとに、はきものを脱いで上にあがる。さっさと立ち去りたいときは、そこまで入ってすぐ出ることができるという利点もあれば、逆にいくらお世辞を言っても、そこから先にはあがらせてもらえない関所でもある。ところが、中国では（おそらく他のほとんどの国でも）そんな所はない。いったんドアを開けてしまえば、いつまでもドアのそばにつっ立っていたのではおかしなものだ。私は北京の公寓（日本の公団住宅にあたる）で生活を始めたとき、住宅管理所の役人がやって来たので、戸を開けたら、そのままずかずかと屋内に入り込み、屋内を点検し始めたので腹を立てたことがある。その後も、特に面識もない人がちょっとした用でやって来て、面識のある人と同じようにふるまうのには呆れた。もっとも、このようなことに慣れてしまえば、別に何とも思わなくなる。玄関というものがなければ、そうなるのが当然の成り行きなのだろう。

日本の「玄関儀式」が身についてしまっている私が、おそらく日本でしか通用しないであろう考え方にこだわって役人に腹を立てたのは、こちらに非があったのかも知れない。この「玄関」の場合とは反対に中国語の「門《メン》」は日本人にとっては誤解しやすい。天安門や大学の門などが門字型であることは言うまでもないが、一般の家の戸口はもちろん、屋内の各室の戸も家具の扉にいたるまでみな「門」なのである。この事実に気づくまで三年くらいはかかったはずである。

ノックをすることを敲門《チャオメン》ということは、中国語を習いはじめてからすぐ覚えたが、門が具体的な戸やドアを意味することには迂闊にも気が付かなかった。私は無意識のうちに、門は抽象的に言えば「入り口」の意味であるから、ノックすることを敲門《チャオメン》というのだとばかり思っていたようだ。その外にも「戸」や「ドア」を意味する門——例えば「開門《カイメン》」の門——にもしばしば出あっているはずだが、大抵はこのような抽象化を通じて、無意識のうちに門《メン》を「入り口」の意味に理解していたのであって、「戸」や「ドア」とは思っていなかったはずである。それでも日常生活には支障がなかった。

漢字から来る思い込みは、日本人にはかなりあると思われる。こんな誤解は私だけじゃあるまい。

ニワとフロと「恥ずかしい」

私が四合院《スーハーユエン》に住むようになって間もなく、ある学生から「先生の庭には人が何人住んでいますか？」と聞かれてとまどったことがある。四合院とは、華北に見られる伝統的な集団住宅である。本来東西南北に家屋があり、その中心部が中庭になっている。学生は四合院をニワと称したのである。

かなり前、北京の中心部の四合院に住んでいる友人を訪ねた。中に入ると庭に出るが、その庭の西側が彼の住宅だと聞かされていた。ところが、門を入っても庭などない。まごまごしていると、彼が出て来た。

「庭などないでしょう？」と言うと

「私たちが立っているここが庭です」

という答えが返って来た。そこは一面にコンクリートで固められており、草一本生える余地はない。彼も「院とはすなわち庭のことである」と機械的に考えていたのである。

現在では北京の多くの四合院は本来の原形を留めていない。多くは庭にあるべき樹木は失われ、住宅難という事情の中で建て増しすることが一般的で、四合院とは名ばかり、五合院か、六合院といった方が適切である。実は私が住んでいた四合院もそんなだった。それでも院の庭には樹木が若干残っていて、四合院のムードは一応残っていた。

「風呂」ということばも日本語を話せる中国人の多くが誤解している。彼らが「フロに入る」と言うとき、それは「洗澡《シーツァオ》」の訳語である。そして「洗澡」とは体を洗うことにほかならない。日本人から見れば奇妙なことだが、彼らは「風呂」という名詞と「入る」という動詞を組み合わせて、この組み合わせを一つの動詞と見なして使用しているのであって、その場合「風呂」の存在は捨象されているのだ。だから洗面所で体を洗っても、シャワーを浴びても、行水を使っても、「ふろにはいった」と言うのである。

中国式の銭湯（浴池《ユイチ》）には多数の人が入る大きな湯船がある。また、これとは別に個人的に入る浴盆《ユイペン》（西洋式浴槽——大きなホテルなどにあるらしい）がある。これらが日本人から見れば、「風呂」に相当するが、一般人からは浴盆は敬遠され、浴池は不潔だと嫌がられるようだ。私はしばしば浴池に出かけたが、至って心地よかった。

わが四合院の「庭」（一九九〇年三月）

わが家に遊びにくる日本語科の学生に何か馳走したりすると、彼らはよく「恥ずかしい」と言った。何故そんな言い方をするのか、しばらくしてから分かった。人から恩義を受けたり、物を貰ったりすると、中国人は大抵「不好意思《プハオイース》」と言う。それは、「心苦しい」とか「恐縮だ」という意味で使っているのだ。ところが、この表現は辞典を見れば、

①恥ずかしい②具合が悪い、気がひける……

などとある。この「不好意思」を〃翻訳〃するとき、彼らは②にはよらず、①によっていたのだ。

夷客回想録

幼稚園の友

故郷の町、喜多方には幼児の保護施設が二つあった。わが家の近くのお寺にあった〝お寺学校〟と〝幼稚園〟とである。私は幼稚園の方に二年間お世話になった。先生は何人かいたが、その中に佐藤先生と羽賀先生がいた。二人とも綺麗でやさしかった。ハカマ履きのあで姿……今でも印象に残っている。そんな中でも子ども同士のいじめはあった。私自身がそのいじめを受けたのである。

幼児のころ私は病気がちで、虚弱で泣き虫でいじめやすかったのだろう。

園には白組、青組……などのほかに一つ年下の赤組もあった。私は白組であったが、その中でからかわれているところに、赤組のSという子がやってきた。そのSが中心となって私をいじめたのである。何しろ年下の子にやっつけられたのだから、その時の〝屈辱感〟はあとあとまで残った。Sも白組の子どもの幾人かも後年、私と同じ高校に在学したが、彼らが私をいじめたことなど覚えていたはずもない。小学四、五年ともなれば、私はけっこうキカンボウになり、一方のがき大将におさまっていたのだから。

幼稚園では男の子とつきあった覚えはないが、女の子とは仲良くしていたらしい。小学校に入学したばかりの時、一年生の教室に入る前のしばらくの間、山田礼子と進藤京子の二人と何やらメメシイ遊びをしていたことを思い出す。その場所が〝西講堂〟という建物であったことも（同校には東西二つの講堂があり西の方は古ぼけていたのも懐かしい）。

中学校のころ、登校のとき二人の学友が誘いに来た。三人で北に向かうと、女学校へ登校する山田礼子が南に向かうのとすれ違うことがよくあった。

昔、会津藩では「男女七歳にして席を同じうせず」との掟があった。我が小学校でもその遺風が確固として守られていた（男女はクラスが違った）し、中学では質実剛健がモットーである。すれ違いざま声をかけるなどとは思いもよらなかった。

彼女が私の初恋の相手であったことなど、二人の友は気がつかなかっただろう。

小学一年の写真

子どものころの写真は一枚あったはずだが、なくなってしまった。

斎藤孝、佐藤宗吉、牧野脩一、チョッペの姿がいまでも、チラチラする。そのころの仲間の名前はかなり記憶しているが、面影がフト思い出せるのはごく限られている。江沢義雄は家が金持だったので、よく遊びに行ったが、顔はボンヤリとも覚えがない。斎藤は家が近くで、兄が東京幼年学校にはいったことを覚えている。二年のときには転校してしまった。

佐藤とは喧嘩になったが、私のコブシが彼の耳を打ったので、痛そうにして泣きやまなかった。私はコマクが破れたかと気になったが、翌日にはケロッとしていたのでホッとした。

牧野の家には広い空き地があった。二人だけで野球した。五、六年ころだったか、体操の時間（その頃は体育とは言わなかった）に相撲をやったら、私の力があまって彼のパンツを破いてしまった。「許っせナ」私が謝り、彼は一旦はうなづいたが、その後すぐに文句を言った。何しろチンポが丸出しになったのだから、怒り出すのも当然だろう。チョッペはもちろんアダナ、本名はどうしても思い出せない。祖父の家の近くに住んでいたので、時々イタズラッポイ遊びをしたが、その遊びのことも覚えはない。

担任の市川次郎先生が厳としてひかえていたことを忘れていた。この先生は我々が二年を終えたときに、上海の日本人小学校に転勤した。戦後、教職には戻らず、家業の文房具店をやっていた。時折立ち寄ると、先生には「シナ人蔑視」の風が濃厚につきまとっていた。中国で教師をした人の相当部分がこんなであったのかも知れない。

写真からは離れるが、高校のころの新藤先生も、やはり中国からの引揚者。「チュウゴクでは」が口癖で、よくその話をし、中国の伝統と新風に十分敬意を持っていた。

祖父母と父母

祖父は明治十年代の生まれの高等科卒。昔は学校は尋常高等小学校と呼ばれ二年間の高等科を出れば堂々たる知識人であった。夜おそくまで、よく奇妙な節をつけて何やら面倒そうな本を音読していたのが思い出される。

小学校、三、四年のころだったろうか。ある日下校する途中急に便意をもよおし、祖父のところに立ち寄ったが、たどり着かないうちに漏らしてしまった。祖父はしかる訳にも行かず、ともかくも後始末をしてくれたが、そのまま、家に帰れと言った。祖父は祖母と二人暮らしであったが、その日はたまたま祖母は不在だったのだ。やむなくズボンもパンツもないまま裏道を通って帰った。

祖母が死んだとき、兄と二人で祖父の側に行くと、祖父が泣いている。つられて、兄も泣いた。私はしようがなく、泣いたふりをしていたことを思い出す。

祖父母には実子がなく、母が養女となり、そこに父が婿入りしたのである。当時彼は商科大学を目指し受験勉強中であったが、そのまた父が死んだための婿入りであった。

「俺は悪い星の下に生まれたもんだ」が口癖であった。

父は外から帰ると、片ひざを畳につくようにして「ただ今帰りました」と祖父にあいさつするのが常であった。後年、たまたまわが妻がそれを見て、「お父さんって礼儀正しい人ね」と感心した。

父は慈父でも厳父でもなかったが、子どもは十分可愛がった。交替で子どもたちを風呂にいれたが、ゴシゴシ洗われて妹たちは皆泣きわめいた。耳アカを取ってやるのが好きで、マッチ棒を耳の中に突っ込んで、とった耳アカを子どもの手の甲にのっける。妹たちも私もそれが結構心地よかった。

母は優しかったが、一度だけすごい調子で叱られたことがある。私が何かで反抗的なことを言った時のことだ。思わず泣き出した。

小学校の頃（右が著者）

母は物忘れが多く、時々側を通るとき「あれ！　ナンダッケ」と言った。そして元いた所に引き返す。すると思い出すらしく、またやって来てその用を済ませるのだった。大分若いころからそうだった。私のボケは母の遺伝なのかも知れない。

母の弟、つまり叔父はわが母校の先輩で、当時わが家から通学していたはずだが、私はまだ幼く、叔父のことは覚えがなかった。終戦間際に召集されたとき、初めて叔父の顔を見た。彼はフィリッピンで戦死してしまった。取り残された祖母は娘たちの婚家先を、巡り巡って世を終えた。

祖母の在世中、母はこの祖母を〝母〟呼ばわりしなかった。晩年、母はしみじみとそのことを私の妻に語ったと言う。養女の切なさであろう。子どもたちには言えないが、〝嫁〟には言えたのである。

神勅（天照大神のお言葉）と当時の教育

ふとしたはずみに、小学のころ習った神勅のことを思い出した。天皇家の祖先の神とされる天照大神が孫の【にぎのみこと？】に伝えたとされる言葉である。私自身もそれをかなり正確に覚えていたが、その中の漢字やその読みまでは覚えられるはずはない。昔、国史を専攻したKさんに聞いたら、さすがに小学の時の国史の教科書を保存していて、その中の神勅の部分を抜粋して送ってくれた。

「神勅」

豊葦原の千五百秋の瑞穂国は是れ吾が子孫の王たるべき地なり。宜しく爾皇孫、就きて治せ。さきくませ。寳祚の隆えまさんこと、當に天壌と窮りなかるべし。

これだけじゃ、読みにくい。漢字の部分をカタカナにしておく。

トヨアシハラのチイホアキのミヅホのクニはコれアがウミノコのキミたるべきクニなり。ヨロしくイマシスメミマ、ユきてシラせ。さきくませ。アマツヒツギのサカえまさんこと、マサにアメツチとキワマりなかるべし。

この抜粋を見て、私は当時の教育のことを思い出し妙に懐かしくなった。「豊葦原の……国」とは、言うまでもなく日本のこと。「さきくませ」は「幸福であれ」との意味だと教わった。担任のM先生は天皇中心的な愛国主義者であった。一般に当時の小学校では神武から始まって明治、大正、今上の百二十四代の天皇の名号をやみくもにそらんじさせたようだが、Mさんは天皇の名号は十代に止めた。ただし、名号だけにするのは恐れ多いからと、一、一名号に【天皇】をつけ、神武天皇、綏靖天皇……崇神天皇と称えさせた。このやり方は、今にして思えば、より「合理的」かと思う。

Mさんは柔道三段であったが、希望者に柔道を教え、器械体操も教えた。知人の家の部屋を借りて陸軍幼年学校受験のための補習学習を指導した。そんな中で私は仙台幼年学校に入学した。

「千葉平和のための戦争展」の開催に奮闘（一九九七年八月）

Mさんの後輩のK先生も張り切り者であった。全校行進の際はその号令かけを受け持っていた。Kさんも愛国主義者だったが、〝アジア民族主義者〟であったことは特記しておきたい。隣の教室から流れてくる歌の文句に、私は感動したことを思い出す。

「雲と沸くアジアの力、十億の自覚の上に大いなる朝は明けたり。
今ぞ立て若きアジア、ひんがし（東）の空は燃えたり。……」

私は、この歌をほかでは聞いたことがないし、人に聞いても知っているものはいなかった。恐らくKさんは特別の体験からこの歌を覚えたのだろう。

Mさんは私のクラスの担任でKさんは隣のクラスの担任であった（ともに男子のみクラス）。両組はよくケンカをして女の先生から叱られたものだが、両先生は笑って遠くから眺めていたようだ。両組の希望者が両先生の指導のもと桑つみをしたことがある。出征兵士の家の手伝いだが、楽しい思い出である。

確か五年の冬ころ、Kさんが出征することになった。当然私たちは駅頭にこれを見送った。当時の出征兵士は、大抵駅頭で見送りの人々にすらすらと挨拶の言葉を述べたものだ。

「無事入隊のあかつきには、一意専心軍務に精励し、もって大御心（天皇の心）を安んじ奉る所存であります」

小学時代のクラス写真

何しろ名誉の晴れ舞台である。彼らは繰り返しこの挨拶の練習をしたに違いない。ところが、Ｋさんは挨拶に出てきたとき、突如群衆の前で泣き出したのであった。そばでＭさんがＫさんの肩を抱くようにしていたのが印象に残っている。Ｍさんは近視のため召集されることがなく、それを甚だ苦にしていた。それだけに後輩の出征には特に関心をもっていたはずである。

今にして思えば、Ｋさんが突如泣き出したのは感動の涙であった。そのとき、私も含めて多くのものが感じたような【女々しさ】からではなかった。名誉の出征についての感激、人一倍可愛がった子どもたちとの惜別の情、その他諸々の思いが一挙に吹き出したのである。いかにも感激屋のＫさんらしい。

その数ヵ月後にＫ先生戦死の知らせが届いた。その葬儀がどうであったかは覚えていない。こっそりとしか行われていないのかも知れない。ちなみに、私たちが中学に入ったころには出征兵士の見送りはなくなっていた。軍の機密として出征のことは一般には知らされなくなっていたし、戦死兵士の葬儀はひそかに行われていたに違いない。

Ｍ先生のことをさらに付け加えておく。先生がクラスに示した「級訓」である。

よい日本人となるために

一、正しい行い

二、強い体
三、深い学問

恐らく小学生に向かって「深い学問」を説く教師は当時他にはいなかったであろうし、今でもいないだろう。教室の正面には先生の達筆によるその文字が掲げられていて、私たちは毎朝これを唱えたのであった。

（補足） 天照大神がその孫を通じて天皇家に伝えたのが、神勅である。はて、その孫の名は何といったっけ？　それがなかなか思い出せない。ようやく「天孫」という言葉を思い出し、その項目を広辞苑でひいたら、「瓊瓊杵尊のこと」とでていた。が、振り仮名はついていない。私は東北の生まれ、「ニ」と「ギ」が曖昧だ。東京に出て来て相当に努力して覚えたはずの標準語的言語が今では昔にもどっている。恥ずかしながら、Kさんに電話して、尋ねた。彼はようやくわが質問の意味を了解し、「そりゃニニギだよ」「……つまり、イロハニのニが二つと、ガギグゲゴのギが一つだね」「そうだ」
ようやく、私は納得した。

戦争中の少年時代

今日は十二月七日、明日は〝大東亜〟戦争が始まった日だ。その日、小学校の校庭で朝会の前のひと時、友だちと過ごしていたことが、どういうわけか、記憶に残っている。

七月七日が日中戦争開始の日、これまた、どういうわけか、登校の時、町の文房具屋の前を通ったことを覚えている。取り立てて何かがあったわけではなく、そこを通っただけだ。〝支那事変（日本当局は当時これを対等な戦争とは認めず事変と称した）〟が始まったという重大事に子供心が揺さぶられていたのかもしれない。何故それが今も文房具屋を連想させるのか、分からない。

私は昭和六（一九三一）年の生まれ。その年には満州事変が始まっている。

東北の田舎町で過ごしたせいか、戦争にともなう陰惨な思い出は少ない。のどかな日々であった。

呉服屋をやっていた父が、問屋に出かけるとき、東京に連れて行ってくれた。小学五年の冬のことだ。三日ばかりの宿は問屋の二階であった。宮城（皇居を昔はそう呼んだ）に行ったことと、上野公園で西郷隆盛の銅像を見たことが思い出される。あとは何といっても食い物のこと。チャーハンを食ったのが懐かしい。戦争はすでにたけなわで、食事もあまりパッとしなかったに違いないが、子供には充分うまかった。

戦争末期ともなれば、さすがに様子が変わる。勤労動員——農家の青年が多く戦争に駆り出されていたから、主に農作業であった。やや栄養不足気味の町の子にとって農家の食事はうまかった。昭和二十年、私が陸軍幼年学校に入ったあと、中学校は軍需工場となり、旧友たちは、そこで工員として不如意な生活を余儀なくされた。敗戦で戻って来た時には、自分だけがいい思いをしたようで、済まないと感じたものだ。

「千葉平和のための戦争展」の開場準備　（二〇〇一年八月）

しかし、その数カ月後には、これらの学友とともにテンヤワンヤの楽しい生活に踏み切っていた。

生き残った日本兵と脱走したアメリカ兵

この話は老兵菊地英作に聞いたのをメモしておいたもの。随分昔のことだから、意味の分からないところが多い。地名なども確かめようがない。筆者が想像を交えて補足した箇所も多い。

昭和二十年五月のころ太平洋上のタブ島（?）には日本軍が五十人ほど生き残っていた。既に連隊長の須藤少将は多くの部下とともに戦死していたが、館野中佐がこれに代わった。

かつて館野は菊地を呼んでいろいろ尋ねたことがある。何か思想調査じみていたが、菊地はあまり気にせず、率直に答えた。その時の館野の態度が至って大らかで、以来菊地は館野に信頼感もっていた。中佐の方もそうであったらしい。

ある夜、菊地は館野に呼び出された。

館野は改まった態度で言った。

「お前に頼みがある。三郎を連れてこの島を離れ日本に帰れ」

菊地伍長「はあ……?」

館野中佐「これは隊の中では密命の形をとることにする」

「何故またそんなことを命ぜられるのでありますか」

「お前なら分かるだろうと思ったが、分からぬか」

「分かりません」

「このままでは本隊は全滅だ。それはわかるだろう」

「やはりそうでありますか？」

「俺は本当は全員を救いたいが、それは到底無理だ。一人二人なら何とかなる。それで三郎を帰してやろうと思ったのだ、あんな幼い子どもを道連れにするのは忍びないからな。三郎一人じゃ無理だ。それでお前を付き添わせることにしたんだ。これは命令だぞ」


菊地は絶句した。

命令とはいえこれに従うことは余りにも自分勝手だ、外の連中はどうなるんだ？

館野中佐は、しかし菊地の返事を待たずに、直ちに三郎を呼んだ。三郎が来ると「これは極めて重大な密命だ。今すぐ菊地伍長と共に出かけろ。内容は後で伍長に聞くがよい」

そのあと中佐はこっそり菊地にささやいた。「日本に上陸するのは事態が少しおちついてからにしろ。でないと、二人とも脱走兵として処分される」

中佐は戸を開けはなったまま立ち去った。今すぐ出かけろと言わんばかりである。二人は出て行く外なかった。

「千葉平和のための戦争展」にて（二〇〇一年八月）

「どういうことでありますか？」と三郎が聞く。

「今に分かる」菊地はそういった。

翌日二人は海浜に着いた。ここで待てば漁民の舟が通りかかるはずだ。とりあえずそれに乗せてもらってこの島を離れることが目下の急務だ。中佐が見込んだだけあって菊地は急場の知恵を充分もっている。飢えをしのぐ食料も山野で見つかる。幸い、三日後には、漁舟が通りかかった。乗っていた漁民は菊地の手まねを理解し、二人を乗せてくれた。


島に着いたときには、漁民数人が出迎えた。そこに長老もやって来た。この長老は若いころ中国に留学したことがあり、漢語をよく知っていたから、菊地との間で筆談をし、話合いはともかくも通じた。

実は菊地もかつて中国に転戦したことがあり、中国語をほんの少し知っていた。勿論通常な会話などとても出来ない。最初の対面で長老の書く字に分からないのがあった。菊地はしばらくあれこれ考えてから、「那是什麼意思《ナーシーシェンマイース》（それ何の意味）？」と聞いた。長老もややしばらく考えてから、別の漢語を書くと菊地は納得した。そんな筆談の中で長老は二、三度「ミンパイ」と言った。またも「シェンマイース？」と問うと、長老は〝明白〟の文字を示した。つまり〝わかった〟の意味である。

そんなことで、〝シェンマイース？〟と〝ミンパイ〟は島民の間でもかなり流行するようになった。

その後しばらくして、二人は「タブ島日本軍全滅」の事実を聞かされた。米軍の来襲によりタブ島の日本軍が全員〝玉砕〟したのは二人が島を離れた五日後のことであった。館野中佐の最後の知恵が二人の命を救ったのだ。

漁民から初めてそのことを聞いた時、菊地は今更ながら館野中佐の配慮に感服した。

「それにしても、中佐はどうして降伏をしなかったんだろう。……いや降伏する気は充分あったはずだ。中佐は〝帝国軍人〟の面子なんぞにこだわるような人じゃない。何よりも部下の命を救いたかったのだ……」

あの夜中佐がふともらした言葉を菊地は今になって思い起こした。

「いざとなれば当然降伏することもやってみるが、この期に及んでは米軍も容赦はするまい。最後のどん詰まりだからな」

米軍側は上空からよくよく偵察し日本兵の所在を確かめこれを殲滅したに違いない。

菊地は三郎を呼んで、部隊が全滅したこと、それを漁民の噂で知ったことを話した。三郎ははじめキョトンとしていたがやがて事態を了解し菊地とともに号泣した。この時になって三郎は初めて〝密命〟の意味がわかったのである。

二人が島に来てどの位たったころだったか、突然三人の米兵が、上陸して来た。気のいい島民は菊地らに対すると同様彼らをも歓迎した。

後で聞いたところでは、この三人は脱走兵であった。そんなことは知らないから、菊地はどうなるか不安でもあったが、島民の態度を見ているうちに、そんな心配はなくなった。そのうち、声をかけあって、日本兵、米兵、島民の合同の食事の集いが行われるようになった。

その食物は実に豊富だ。戦争中とはいえ日本内地とは違う。島の男女が見事な手さばきと、ふんだんな材料で様々の馳走を作った。会合は互いに言葉が通じない中ではあるが、賑やかかこの上ない。

米兵の最年長はトムと言った。一見ごつい顔だが、盛んに愛嬌をふりまく。三郎がその場の雰囲気になじめないでいるのを見て、彼の側に近寄り、ニコッと笑った。三郎もつられて笑った。

ある日、トムが思い詰めたような表情で、菊地に〝話〟かけた。彼の言いたいことは菊地にもよく分かった。もうそろそろこの島とも離れなけりゃなるまい、あんたたちはどうするのだ、と言うのであった。菊地とてもそのことは考えていた。中佐が日本に上陸するのを早まるなと言ったが、こっそり上陸すれば、捕まることはあるまい、という楽観的な思いもある。その話合いの折り、菊地は事態が落ち着いたら、互いに連絡しあおうと言い、二人はその宛て先を交換しあった。

筆者記す——以下は菊地の話を彼の一人称で書く。つまり文中〝俺〟とあるのは菊地自身のことである。

米兵たちが島を離れるとき、俺は三郎と一緒に見送りに行った。三郎は無理して笑顔をしていたが、悲しそうだった。島民たちも来て盛んに〝グッドバイ〟を叫んだ。確か俺たちが島を去ったのもその後まもなくであったが、その時のことは覚えがない。故郷のことだけが念頭にあったのかもしれない。

帰国は島民の舟に便乗したのである。日本近海に行くからついでに送ってやるということであった。

舟の中で三郎が言った。

「トムさんはバージニアの出身だそうですね」

「そうだったかナ。何でも農村で育ったと言っていたが……」

三郎は対米敵愾心がやたらに旺盛であったが、今じゃ大分薄らいだ。トムのせいに違いない。俺もまたトムのことが忘れられないでいるのは、三郎のことがあるからかも知れない。他の二人の米兵のことはさっぱり覚えていないのだ。

茨城県の海岸で上陸した。真夜中だったので、人に怪しまれることもなく、翌朝には町に出た。三郎とはそこで共に食事したあと別れた。その後再び会うことはなかった。

故郷に戻ったときにはわが家は隣の町に引っ越していて探し出すのに苦労した。以来平穏に生活し今に至っている。

以上で、菊地の話は終わるが、どうしても、気になることが残る。それは、菊地の話を記したメモにトムからの便りが届いた記述がなかったことだ。菊地の便りも、トムの所には届かなかったに違いない。なにしろ、戦後の混乱期のことだった。

のらくろと冒険ダン吉

子どものころ、幼年倶楽部や少年倶楽部などを見て育った。そのうち漫画では幼年倶楽部の〝こぐまのころすけ〟。少年倶楽部の〝のらくろ〟、〝冒険ダン吉〟、〝愉快小僧〟などがあった。〝こぐまのころすけ〟はほとんど覚えていないが、後三者はかなり覚えがある。世は挙げて軍国時代、とりわけ〝のらくろ〟（一九三一—四一）は人気があったようだ。

近くの図書館にたまたま単行本『のらくろ軍曹』があった。中にブルドック連隊長と山羊犬大隊長に率いられて、象狩りに出かける話がある。その中で、のらくろは一匹の老象につかまり、説教される。のらくろが連隊にもどり、そのことを報告すると、ブルドック大佐も感じ入って象狩りは中止となったという具合である。

当時私は小学三—六年ころであったが、のらくろが次第に出世して行くのを見ていた。「末は大将、元帥か……」などという歌の文句があったように記憶する。

ところが作者の田河水泡は、のらくろをあまり出世させるわけには行かない。堂々たる将校が、漫画的行動するのはまずい。そんな中で、のらくろは〝探検隊〟を編成して中国大陸に渡ることになる（のらくろの出世は少尉？　止まりであった）。戦後知ったことだが、のらくろの存在は軍からは嫌われておったらしい。のらくろの大陸行きは田河の窮余の策でもあったのであろう。

日中友好協会千葉支部学習会のあと、伊藤敬一会長（当時、左）らと（一九九九年）

ところが、そののらくろと行動をともにしたアジアの友人たちは豚羊などとして描かれていた。軍は「アジア人を蔑視」するものとの口実を得て、この漫画は廃絶された。実は軍こそがアジア蔑視の最先端に立っていたはずなのに。

〝冒険ダン吉〟（一九三三―三八）の方も戦時色濃厚である。こちらは探すのに苦労したが国会図書館でようやく見つかった。南進論の影響であろうか、ダン吉は南方の蛮人を手なづけて、その酋長に取ってかわり、王冠をかぶる。のらくろ同様象が出て来るのも、やはり南方への関心を反映している。

手下になった蛮人たちは一様に色が黒く見分けがつかないから、胸にデカデカと白い番号をつけることになる。一号、二号、三号……が彼らの呼び名であった。元酋長が一号だ。蔑視、差別もはなはだしい。戦後にはさすがに侵略主義として批判されるが、戦中でも国際的には具合の悪いことがあったのではないか。のらくろや冒険ダン吉が消えた後は、その意味では当たり障りのない〝愉快小僧〟が登場して来るのはそのせいかも知れない。

「スギノはいずこ」

これもボケのせいか、ふと口をついて出て来る歌は小学のころ習ったもの、それも軍国主義的なものが多い。

轟くつつおと飛び散る弾丸、呼べど答えず、探せど見えず……

艦はたちまち波間に沈み……スギノはいずこ、スギノはいずこ……

これは、昔、喧伝された広瀬中佐（日露戦争ころの英雄）の歌である。たまたま彼らの艦が敵の砲弾によって沈められかけたが、スギノという兵曹は避難する姿が見えなかった。それで、中佐は探し回ったのである。二人は後に軍神として祀り上げられたが、何十年ものちの第二次世界大戦後に生き残っていることが判明してジャーナリズムを騒がせた。スギノは長い間、沈黙していたのであった。

日米開戦（第二次世界大戦中）で有名な真珠湾攻撃では、海軍将校から〝九軍神〟が出た。実はこの攻撃に参加したのは九人ではなく、十人であった。十人目は米側の捕虜になっていたから、軍神に祀り上げるわけにはいかなかった。一般の人々は知るよしもなかったのである。

当時一般に知られていた所では、九軍神は二人乗りの五隻の小艇に乗って攻撃したという。

「へえ、それじゃ、全く一人っきりの人もいたのだ」

小国民たちはそう言って感動したものであった。

九軍神についての歌もあったに違いないが、覚えていない。小学のころの記憶がかなり鮮明なのに、中学生ともなれば、いろいろ複雑なことが多くなるから、いちいち覚えられないのだろう。

〝カルメン故郷に帰る〟

昔、覚えたメロディが不意に口から出てくることがある。ついこの前、そんな曲を口ずさんでいた。しばらくは何だか思い出せないでいたが、それは小学校四、五年のころ（世は挙げて軍国主義になりつつあった）、分列行進のときのメロディであった。戦後この曲の名を尋ねたら「ラ・クンパルシーター」と聞いた。〝仮装行列〟の意だそうだが、小学生たちが〝勇壮〟に行進していたことが、思い出され、あんな調べがあんな時にと思ったりする。

より以上に歌の文句を思い出す。とりわけ戦後みた映画の主題歌など。

その一つ、

火の山の麓の村よ、懐かしのわが故郷……

これは、木下恵介監督の「カルメン故郷に帰る」の主題歌である。

アバズレだが気のいいストリッパー（高峰秀子扮）が故郷の村を訪れ、そこで盲目の旧師（佐野周二扮）のかなでるオルガンに合わせて歌うのである。哀調を帯びながらも、ユーモラスで今もその場面が目に浮かぶ。

日本では近ごろ映画が衰えた。これは何でも儲け本位の財界の事情によるのであろう。その財界がアメリカ様の言いなりだから、すべてに（言い過ぎカナ）不都合なことが多い。今や日本はアメリカの植民地なのか、属国なのか？

褌

今ではこの文字が読めない人が多いかもしれない。念のため〝フンドシ〟と読むことを付記しておく。

文字は衣偏に〝軍〟だが、軍国主義とはあまり関係はない。と書いてふっと思い出した。小学校のころ講堂で徴兵検査が行われているのをのぞいたことがある。受検者は一様に褌をしめていた。当時は男はたいてい、いつも褌をしめていたのである。徴兵検査だからではない。私も中学校に入ったころには、これをしめるようになった。それで大人になったような気がしたものであった。私は今でもこれを使用していて、結構チョウホウである。日本の男たちはなぜこんな便利なものをはかなくなったのか、と思う。寒い時でも一々ズボンを脱がなくともはき変えることができる。

褌には、おおざっぱに言って二種類ある。一つは私自身もはいている越中褌。特に越中で始まったとも思えないが、何故〝越中〟がつくのか分からない。T字型になっていて、上の横棒の部分が紐で、下の縦棒の部分は幅が広い布である。その布で一物を包んでから紐で締めるのだ。

も一つは六尺褌。日本では（そのころは）普通、赤は女が着たり履いたりするもので、男は使わなかったようだが、この六尺褌に限って赤が一般的であった。それだけに実

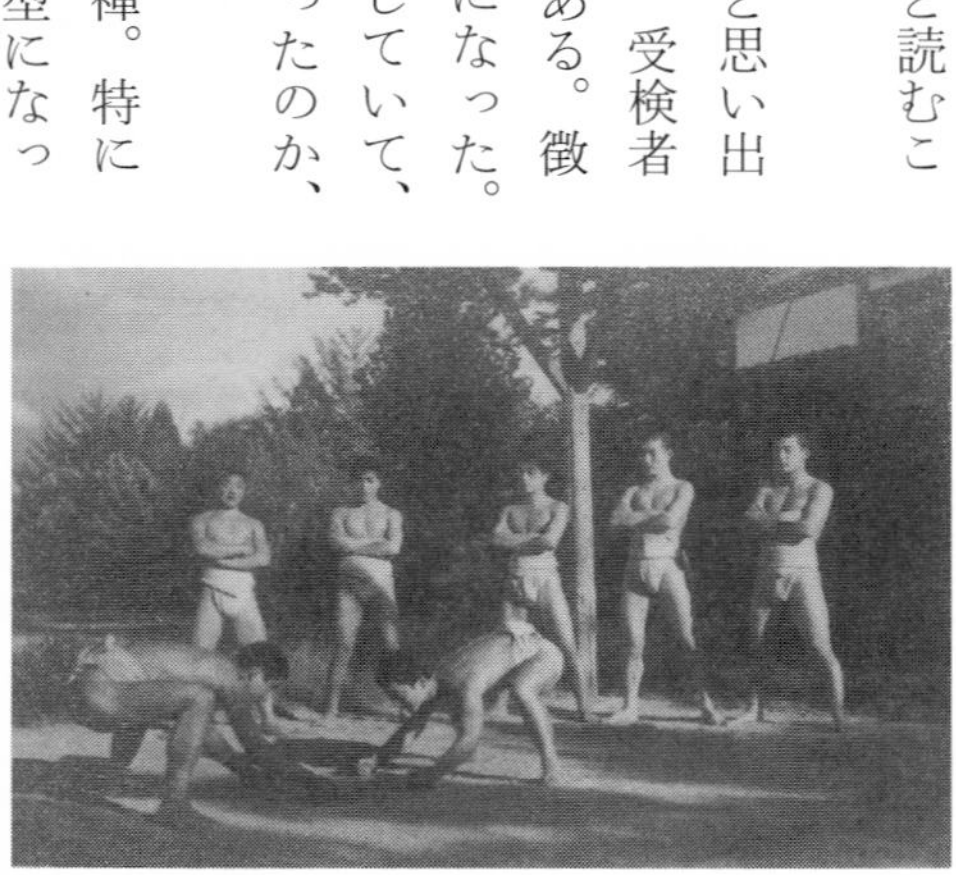

中学校の頃　（後列中央が著者）

にカッコいい。
私の母の実家は越後の津川である。ここは昔会津藩に属していて、わが町とも関係が深かった。伯父の家に初めて行ったとき表通りを、赤褌だけの男どもがぞろぞろ歩いているのを見て驚いた。津川は阿賀川に臨む漁師の町で、褌姿は男の誇りのようなものであったのだ。長いこと津川には行っていないが、あんな風俗は今ではもう見られまい。

いずれにせよ、褌は男子たるものの象徴であった。何か重大な事をやらなければならない時、「褌の紐を締め直す」とよく言ったものだ。私はそのことを「キンチョウイチバン」と覚えていた。が「緊チョウ」のチョウが〝褌〟ではなさそうだ。褌にこだわるあまり、〝チョウ〟の音をもつフンドシにあたる文字が外にあると思い込んでいたらしい。ありきたりの〝緊張〟のことに過ぎなかったのだ。

キセルとライター

今ではキセルを使う人はほとんどいなくなったが、昔はそれが普通であった。父はよく火鉢の前でキセルを掃除していた。器用な手つきで、こよりのひもをキセルに差し込んでしごくようにして、中にたまったヤニを取り除いたあと、息を吹き込んだ。ポン、ポンと心地よげな音がすると〝きざみ〟をキセルにつめ、火鉢で火をつけうまそうに吸っていた。後になると、巻きタバコにくら替えした。その名はゴールデンバット。金のこうもり――何ともゆかしい命名である。当時もっとも一般的なやすタバコであった。

そんなある日、たまたま父と一緒に旅に出かけ電車に乗ったことがある。一人の男が側で小さな機械をいじくっている。火花が出るが火はつかない。父に聞くとライターというものだとのこと。当時はライターなどまだ一般には使われていなかった。

学生になって寮に入ると、仲間が多くタバコをやっていた。中には高級なのを吸う奴もいたが、私は〝しんせい〟を買うのが常であった。新生だったか新星だったか、忘れたが、神聖ではあるまい。家に帰れば、親父の手前ゴールデンバットにきりかえたものである。

今ではライターが子どもの遊びにされちゃ危ないからと、ヘンテコな仕掛けが着くようになったが、私などには使いずらい。店先で一々使い方を聞いて買うが、ややっこしくて、しばらくすると、忘れてしまう。こんなところでも、ボケは容赦なく現れるのだ。そんなライターが私の回りには幾つか残っている。廃棄物処理の係員からは、やたらに使い切らないライターを捨てると火事になりやすいと言われている。これらのライターをどう処理するか、私にとって目下の〝課題〟である。

勤労動員

中学に入ったころは、よく勤労動員に駆り出された。動員と言っても、殆ど、農作業である。農家の方でも結構我々を歓迎してくれた。何せ若者は多く軍事招集されているから人手が足りなかったはずである。

ある農家の手伝いをしたとき、その家の娘と口をきくことができて、感激した。当時は女の子と口をきくなどということは殆どあり得なかった。通学の行き帰りには当然女学生ともすれ違う。その中には、幼稚園で一緒だった子もいたが、声を掛け合うことはなかった。小学以来そうであった。もっともこれはマチの小学出身の場合であって、ムラの小学の場合は気軽に声を掛け合っていたようだ。農村の場合はその点のどかであったようだ。若松市などではわが町よりさらに厳格であったかも知れない。

この農家の娘は女学校二年生、私と同学年であった。だから当然私の幼稚園のころの女友達とは女学校で一緒になっていた。私は通学のとき声を掛けられないでいる幼友の啓子と茂子のことを尋ねてみた。娘は二人のお転婆ぶりを暴露して笑った。私も通学時の二人の淑やかな様を思い出して笑った。

また、たまたま手伝った農家の主は独り者で五十歳ばかりであったが、彼の出してくれた昼飯など、既に貧しげになっていた町場の食事に比べてうまく感じられた記憶がある。仕事は多くタンボの草刈りであった。草刈り機を転がすだけだからさして面倒なことではなかったが、仲間の一人がこの草刈り機の扱いを誤って怪我をした。そのため却って彼はその農家との付き合いが長く続き、復員して来たその屋の息子とも兄弟のようになったのは一つの美談でもあろう。

農家の仕事の一つに家畜の世話があった。ある男がこんなことを言った。「羊はメエメエと鳴くと思っていたが、俺にはモーベ、モーベと聞こえた」。それを聞いた仲間は「羊はメエメエと鳴くにきまっている」と言って笑ったが、今にして思えば、数ある国々の羊の鳴き声の聞こえ方には様々あるはずだ。決して日本流のメエメエがどこでも通用するわけではない。モーベと聞こえたのは、必ずしもおかしいとは言えまい。

中学二年を終えて、私は軍の学校に入ったが、中学の仲間たちは軍事動員で埼玉県あたりの工場に駆り出された。「復員」したあと、彼らが苦労しているとき、こちらは比較的楽な思いをしていたことを済まないと感じていると、何もさほどのことじゃないさ、と逆に慰められた。

何れにせよ、その後、我々は——旧制中学三年になっていた——戦後のテンヤワヤの愉快な日々を送ったのである。

海洋訓練のこと

歩きながら、ふと口をついで出た歌の文句……出だしは忘れたが何でもこんな風だった。

……楠公父子の真心に鬼神も如何で泣かざらん……

楠木正成、正行父子のことである。この歌は小学校で教わった記憶はない。どうやら、中学二年のとき海洋訓練なる、海軍軍人による訓練があってそれに参加して覚えたものらしい。

この訓練では、大尉——海軍ではダイイと呼ぶとそのとき教わった——が総指揮をとり二人の下士官が様々な訓練をした。中に歌唱指導もあったのである。二人は大分きびしいこともやったが、至ってユーモラスで結構楽しかった。

こんなことがあった。朝の点呼のとき、一人の生徒の姿が見えない。あんまり遅れているので、下士官の一人が探しに行ったが、近くにいない。も一人の下士官も心配になり全体でこの生徒を探すことになった。随分おくれて、出てきたが、そのときには、みんなが散り散りになっていた。彼は下痢をしていて、用便に大分暇どったらしい。それに訓練が行われていた寺の大便所は大分離れたところにあった。

みんなが戻ったとき、下士官が壇上に立った。生徒たちは、どんなことを言われるだろうと思ってビクビクしていたら「便通は人間の重要事である。彼が便通に暇取ったのは当然だ。そんなことに文句をつけるなどということはわが海軍はやらんぞ」と言った。みんなは拍手喝采して笑った。

以来、この生徒には珍妙なあだ名がついたはずだが、それが何だかは忘れてしまった。

「人民皆熊羆」――旧友OとKと

中学のころOという友がいた。くそ真面目で遠い道程を勤勉に通学していた。私と同じく柔道部に所属していたが、いかにも読書好きな奴であった。同じ柔道部にKも

日中友好協会千葉支部のパーティにて（一九九九年）

いた。こちらは気が荒く、喧嘩っ早い。ある日、Oと一緒にいたところに、Kがやって来てOに何か言ったあと、やにわにOを殴り倒してさっさと立ち去った。そばにいた私が止める暇もなかった。

Kがマスクをして登校したことがある。マスクをはずしたところを見たら、カミソリの歯の傷痕、喧嘩の揚げ句のことである。物騒な奴だと思った。

そんなKだが、気立ては優しいところもあった。小学校五、六年ころ、妹と一緒に近村の河原に行ったが、慣れないのでさっぱり魚を取れないでいた。そこに村のがき大将然として下級生を従えたKがやって来た。私は彼とはクラスが違い、互いに顔は見知っていた程度の仲に過ぎなかったが、こちらの無ざまな様子を見ると、手際よく魚を取ってくれた。

戦後、進駐軍の方針により、柔剣道は正科から外されたばかりでなく、柔剣道部もなくなり、KもOも、新設された野球部に入った。Kは二塁手として結構活躍した。ある時の試合で、彼はデッドボールで塁にでた。それを見ていた仲間たちの中に「あいつ味方の勝利のためにワザとデッドボールを食ったのだ」と言うものがいた。私もそうだろうと思った。それが本当かどうか知る由もないが、回りのものがそう思うようなやつであった。

Oの方はブキッチョで柔道もへたくそであった。野球部では、終始球拾いに甘んじていたが、マネジャー役としては打ってつけであった。

ある日、Oと一緒に帰校した。そのとき彼が突然感慨深げに「人民皆熊羆」という漢詩を口にした。

「何だそれは？」と聞くと、佐久間象山（だったかナ）の漢詩だという。そのあと色々講釈してくれた。この文句が長いことと妙に私の記憶に残ったらしい。最近その時のことを思い出したが、肝心の文句は思い出せなかった。二、三日したらフト思い出したので、忘れないように記録しておいた。

彼が熊羆にこだわっていたのは彼自身のアダ名がクマであったからである。M村の出身であった。M村には柔道部の二人の先輩がいた。この二人は喜多方中学柔道部の名を県下に轟かせた剛の者。数年後耶麻郡の競技大会があったときこの二人がM村の相撲の選手として出場した。選手は三人である。そのうちの二人は必ず勝つと決まっていたようなものであった。彼らはバッタバッタと相手を投げ飛ばし、二十ばかりの町村のうちで忽ち優勝をかっさらった。その時、私はその様子を見ていたが、さすがだナと思ったっものだ。そのころ私はたまたま自転車でこの小村を通りかかった。十人ばかりの青年が道路の側にたむろしていた。両先輩を中心に喜中卒業生たちが何やら話し合っている。Oも当然のようにその中にいた。ムードは至ってなごやかであった。

Oは両先輩を畏敬していたらしい。ブキッチョな彼が柔道部に入ったのはそのためであろう。

旧制中学卒業後、Oは経済的に貧しい実家の農事を手伝っていたが、進学の望みを捨てず、のちに新制高校三学年に入り直し、四年も年下の連中と共に学んだ（学制が変わったため旧制中学卒だけでは、新制大学へは入学できなかったのだ）。屈託なげに年下の学友と帰校するのを見たことがあるが、声を掛けるのも憚られた。相も変わらず几帳面な服装であった。翌年には、国立の有名大学に入学した。

Kは最近病床に伏していると聞くが、Oはどうしているか知らない。

OとKと、いずれも「皆熊羆」であった。

俺とアンタ——一人称と二人称

昔、中学校に入ったばかりの頃、英語の授業で一人称、二人称、三人称なるものを教わった。I, you, he (she) のことだという。今にして思えば、英語は単純なものだ。その点、日本語は複雑である。Iにあたるものには、私（ワタクシとワタシ）があり、俺がある。その他、僕、ワシ、ワレ、自分、手前、ワッチ、我輩、俺様、古くは余、など数え立てたらきりがない。Youにあたるあなたにも、アンタ、君、お前、お前様、貴殿、貴様、貴君、貴公など様々である。Heにあたるものには——ここまで来ると、チト馬鹿馬鹿しいが、書き並べる——彼、あいつ、あの人、あれ、あの方、あちら様、あん畜生、等々。

これらの日本語のニュアンスを英語に表すにはどうすればよいか。一々形容詞をつけた名詞を、同格として書き並べなければなるまいが、そんなことは普通はやらないだろう。ただIやyouに置き換えるだけ、せいぜい全体の調子で調節するくらいが関の山だろうと思う。

中学時代（前列右が著者）

わが故郷会津では同等のもの又は目下のものを〝ニシャ〟と呼ぶ（【二者】と書くのかどうかは知らぬが）。中学や高校では自治委員会などの役員が朝会で壇上に上り、「ニシャダヂな」と皆に呼びかけてからものを言う習慣だった。ダチとは〝達〟である。

ある時、図書委員会のKという奴がこの「ニシャダヂな」を怒鳴ったあと「図書室さハッコ」と言った。ハッコとは何だ？　多くのものがわからない。そのうちクスクス笑いはじまった。それは方言というよりは村言葉で「早く来い」の意味で転じて「是非」来いの意味ともなるのだ。私もそれに気が付いた。やがて講堂中が笑いの渦となった。

なお、わが方言ではこの〝ニシャ〟と同義の〝オメェ〟がある。これは〝お前〟が高みから相手を見下すのと違って親しみのニュアンスがある。

私は子どもの頃から自称は〝オレ〟であった。戦時中、一時陸軍幼年学校に入った。将校生徒たるものは自称は〝ワタクシ〟でなければならない。それがなまって、〝ワタクス（！）〟になってしまうので苦労した。終戦は〝オレ〟にとってはこの〝ワタクス〟からの解放であった。

ところが、大学に入って東京に出て来ると、今度は〝僕〟が言えない。ボクの発音が面倒なわけではない。言いなれた〝オレ〟しか使えないのだった。恐らく自称というものは普通はかなり変更し難いのではあるまいか。東京者の〝ボク〟などという軟弱な自称がどうして使えようか。そんな感じであった。といって〝オレ〟も使いにくい。当時は東京（だけじゃあるまいが）の学生は〝ボク〟が普通であったからだ。

ある時、古本をあさりに神田に行った。そこで同級のSに出会った。同じく質実剛健な東北と九州の田舎者が東京のど真ん中で会ったわけである。彼は福岡生まれであった。私は〝ボク〟とは言いかねて〝ワシ〟を自称した。Sもそれに調子を合わせた。彼も〝ボク〟は苦手であったのだろう。

こんなことを何時までも続けちゃおられない。その後まもなく私は〝ボク〟を使ってみたところ、別にどうということはない。至って言いやすいし、周りのものとスムーズに話が進む。以来、〝ボク〟は私の自称となった。

それからどの位の年月がたったか、気が付いてみると、東京の男どもも〝オレ〟がむしろ普通になっていた。当然私も〝オレ〟に戻った。

八十歳頃になると、言葉にあまりこだわらなくなったせいか、標準語が大分あやしくなり、自然に昔からのなまりが出て来る。シとスはさほどではないが、イとエが混同しがちである。しかし、その辺は適当にごまかせる。例えば、魚屋の店先で海老を買おうとする。一瞬エビかイビかまごつくが、口を半開きにしてエとイの中間のように発声すれば、魚屋だからエビを売ってくれることは必定だ。

こんなことだから、日常の会話にはあまり苦労しない。東京に来たばかりのころさんざん標準語にまごついたものだが、今じゃ殆ど気にしない。

私も曾ては日常の会話で、気軽に一人称、二人称を言うことは気が引けた。日本語はその辺がややこしいと感ずるのは私ばかりではあるまい。

今では、しかし大抵〝オレ〟〝アンタ〟ですませてしまう。話相手は大部分がなじみの多い同年配か年下だから、それであまり問題はない。時々それでは済まないこともある。でも〝あなた〟という言い方は失礼だと感じられる。〝あなた様〟では仰々し

学生時代

い。そんな時は、相手の関係する事物に〝お〟か〝御〟をつければ済む、と私は思っている。

変格活用

中学生や高校生にとって、教師のあだ名は一種の尊称である。あまり存在のはっきりしない教師にはあだ名はない。わが母校にもあだ名のある——つまり個性豊かな教師がたくさんいた。それも多くは甚だ単純明快、例えば「バカ」「ボケ」の類いであった。

あるとき、仲間の間でその話になった。

「バ行が多いな」とFが独り言のように言った

「?……」

「?……」

「ボッチャン、バリ、バチ、ベン」「あれバチじゃない。パチだぞ」

いつも目をパチパチさせる癖のある教師のことだ。バリさんの家は床屋である。ベンとは化学の先生のことで、この人は、どういうわけか、ベンゼンの話をするのが好きであった。

「これを順序よく並べたらどうなる?」

一人が紙をだして書いた。

それを見てFが「ちょっと調子がわるいな、バ行変格活用にはならんな」

「〝ビリ〟を入れればいい」と言うものがいた。

バカ、バリ、ビリ、ベン、ボケ、ボッチャン、

「これならサマになる」

「ビリって誰のことだ?」

「これから決めればいいじゃないか」

「あだ名にしろビリはかわいそうだナ」

ビリの対象は結局はっきり決まらなかった。あだ名などは衆議一決してきまるものではなかろう。誰かが勝手につけたものが、受け入れられれば自然にきまるもの。間もなく、ビリに当てられかけた教師は尊称のないまま転勤してしまった。そんなわけでこのバ行変格活用は未完成のままだった。


これには、実は〝異説〟がある。この変格説の命名の主は、「ボッチャン」ことS先生その人だというのだ。そういえば、私も先生宅に行った時、先生自身からこの調子のよい語呂合わせを聞いたような気がする。さすがに、そんなことは授業では聞いた覚えはないが、多くの生徒も個々に先生から聞いたのかも知れない。何しろ先生は古参の国語科の教師で、国文法の講義はお手のもの。そうとすれば、先生の語呂合わせが調子よいのは当然だ。だから、今では「命名はS先生」だと思う。そうとすれば、「ビリ」はどうなるか、それがなければ、まるで調子が違ってしまう。そこには別の二音節「名詞」があったに違いないが、数十年も昔の話だ、はっきりしたことは分かりっこない。

ここまで書いて終わりにしたはずだが、その後、重大——チョット大げさカナ——

高校時代

なことに気が付いた。随分お世話になったT先生のことを忘れていた。Tさんは、戦後かなり遅れて復員して来たのである。Sさんが教えてくれた変格活用は、実はバカ、バリ、ベコ、ベン、ボケ、ボッチャン　であったのだ。

ベコとは東北で牛のことを言う。Tさんへの愛称である。

陸軍幼年学校

私は曾て仙台にあった陸軍幼年学校に入学した。幼年学校とは、全国に七つ（東京、名古屋など）あって、そこを出れば、陸軍士官学校へ進むことになる。

そこでの断片的な思い出を記しておく。

軍隊の生活は朝の点呼ではじまる。起床ラッパとともに急いで点呼にむかうが、中には相当多くの奴が便所で用を済ませてからむかう。彼らはラッパがなるすこし前に起きて小用を済ませているのだ。一方には眠るだけ眠らにゃ損だという連中も多い。私は後者であった。不思議なことに、点呼がすむまでオシッコのほうが遠慮して出ないでいる。

話は戦後のことになるが、通学の時間になると学友が二人やってくる。申し訳ないが、それを待たせておいて三杯メシをかっこんでから出かける。オシッコは学校に着いてからやれる。こんなことで済ましていたのは、幼年学校での訓練の成果かと思っている。随分ヘンテコなことを思い出したものだ。閑話休題。

朝の点呼のときの私の番号がいつも「四十四」であった。たまさか欠席者がいて「四十三」くらいに下落することがあって、ややほっとすることがあったが、「四十」はシジュウついて回る。初めのうちは下士官が「シジュウシだ！」と怒鳴ったが、何度か怒鳴っても効き目がないので、その後はかまわなくなった。

戦友（軍の学校では友人をこう呼ぶ）に後藤という男がいた。東京の出身（東京幼校には行かず仙台に来た者は多かった）で、私のナマリを冷やかして「テスロギ」と呼んでは周りのものを笑わせた。私はぶん殴ってやろうと心に決めて、機会を待った。ぶん殴ったあと、二人は生徒監の所に報告に行った。喧嘩のあとは報告することになっていたのだ。生徒監は「これからは、仲良くしろ」と言って笑った。戦後二人は同じ大学で顔を合わせ、以来現在まで交友が続いている。

終戦まぎわ、仙幼は会津の坂下町に疎開することになった。故郷の近くなので、私はその先発隊員に選ばれた。戦後はその疎開先に行って英和辞典などを貰ってきた（一旦輸送された書物など仙台に送り返しても意味がないので適当に処分されたのである）。そのせいでもあるまいが、私は英語がかなり得意になった。軍国時代の反米的傾向は相変わらず続いた。英語にこったのは、先進的英米文化を理解せんがためであって、英米人と語り合うためなんぞではなかった。そのころたまたま米人と語る必要があった時に、英語で〝筆談〟したことがあるのは、我ながら滑稽である。

前述した生徒監というのは、軍の学校の各班（ほぼ六十名）の指導将校のことである。私の班の生徒監は、坂下への疎開の引率に当たった関係で戦後も坂下で生活していたから、当時も時々あったことがある。彼の出征中の戦争の話も聞いたが、みな忘

仙台幼年学校の頃（一九四五年）

れてしまった。

幼年学校には指導生徒という制度があった。一、二年生の寝室ごとに、優秀な三年生が配置され後輩の指導に当たるのである。私たちの指導生徒は大川という人で、ある時、私は胸のあたりを小突かれたことがあった。それは至って軽い対応で痛くも痒くもなかった。戦後も彼との連絡が続いた。私の息子が東北大学に入学したとき、住むところがなくて困った。大川さん（当時彼は同大の寮――そこは元仙台幼年学校の校舎だった――の世話役を兼ねていた）に頼むと、いとも簡単にケリがついた。ある高名な幼年学校出身者が、幼年学校の上級生の下級生に対する残酷な仕打ちについて語ったと、ある新聞に出ていた。少なくとも私はそんなことは感じなかったが、名古屋あたりではそんなことがあったのかも知れない。

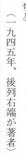

時々、仙台市内への外出が許された。敗戦（八月十五日）後、外出したとき、一群の労働者がツルハシで線路の補修をしていた。そこに一陣の風、何となく一人の男が「涼しい風が吹いて来たヨ」と即興の歌を歌った。私は前述したように、なおも反米復讐戦にこだわっていたが、「彼らは戦争が終わったのを喜んでいるのだナ」と感じざるを得なかった。私たちが「復員」したのは八月末のことであった。

仙台幼年学校時代、同室の生徒たちと（一九四五年、後列右端が著者）

応援歌

一体に、昔の中学や高校など男子の学校で歌われていた歌は、難解な漢語が多かった。それを教えるのは上級生である。入学したばかりの一年生は、たいてい意味も分からず、教わった通りにどなることになりやすい。

母校の高校を卒業してから数年後のあるとき、私はふと母校の応援歌を口づさんだ。

「秋まだ浅き桜壇《さくらだん》、カイヨウの気は厚くして、血潮高鳴る若人の……」

桜壇とはわが母校喜多方高校の象徴だった桜の老木。が、カイヨウは文字はもちろん、意味も分からない。これ何だろう？　忘れたのか、始めから分からないでいたのかさえはっきりしない。その後しばらくしてから、母校の同級会があったとき、旧友に「カイヨウ」って何だ？　と聞いてみたら、みなやっぱり首をかしげていた中で、Mという男が、

「そりゃ、【会陽】と書くのさ。〝会〟は会津の〝会〟〝陽〟は〝陽気〟の陽さ。会津の陽のあたる場所の意味だよ」

「チトおかしいな。陰・陽は北と南を指すはず。喜多方は会津の北にある、だからキタ方なんだ」

「だからと言って、〝会陰〟と言っちゃ、おかしい」とMは頑張る。「敢えて〝会陽〟と称したのは先輩の知恵だったのさ」

結局わからずじまいであった。

同じ応援歌で、も一つ奇妙なところがあった。あるとき、運動選手の送行の応援の後で、古くからの数学教師であったS先生が言った。

「〝天地渺々《びょうびょう》果てしなく〟の後は〝ジチョウの波は荒くとも〟だぞ」

皆、何のことか、分からない。よく聞けば、〝ジチョウ〟の文字は〝時潮〟だが、いつの間にか、〝ジシオ〟と声をそろえて歌っていたのであった。戦争末期から戦後

しばらく歌う機会がなく、転校生（その大部分は疎開者）も多かったから、ますます歌詞が混乱していたに違いない。

引っ越し十三回

大学一年の頃、寮の生活に嫌気がさし貸間をさがしていた。ふと代田二丁目あたりで貸間斡旋の店があるのに気づき、立ち止まってそこの表示を眺めた。と、店から出て来たその屋の婆さんに声をかけられた。

「アンタどこの生まれ？」

「福島県」「福島のどこ？」

「喜多方」「喜多方のどこ？」

「寺町」「寺町のどこ？」

婆さんはここまで殆ど表情を変えずにブッキラボーなもの言いだった。

「手代木……」すると婆さんは「ああ、手代木か」と言ってチラと笑みを浮かべた。聞けば祖母を知っているとのこと。喜多方の幼稚園の側に天麩羅屋があってそこの婆さんが彼女の妹だと言う。そう言えば祖母につれられその天麩羅屋で手づかみで天麩羅を醤油にひたして食ったことがあるのを思い出した。

代田の婆さんはソッケないようでいて、結構親切であった。

息子二人、弟の方は疎開で一時喜中に在学。兄の方は実子ではなく差別されていた感じだった。そんな兄を弟の方はとりなすように接しているのを見て感心した記憶がある。

ともあれ、格安の間代の部屋をあてがってもらった。爺さんと婆さんの二人住まいの家だった。ある日、婆さんがつっけんどんな調子で言った。「間代はどうしたんだ?」。

その月はどうしたのか、間代のことをすっかり忘れていたのであった。その後何となくいずらくなって、代田の婆さんにたのんだら、今度は代田橋の近くの中年夫婦の家の三畳間を世話してくれた。こちらのオカミは人がよく、私が支払いを忘れていると、済まなそうに催促し、かえってこっちが恐縮した。入学前の姉妹がいて可愛い盛りであった。とにかく居心地のいい貸間であったが、そのまた家主が好人物の夫婦を追い出した。私も夫婦と共にオンデる外なかった。

私の引っ越しはいとも簡単。学生だから本は若干もっている。その本を袋三つばかりにおさめて腰にぶら下げ、背には三本足の机を背負うだけだ。四本目の足は空き缶が代用していた。その時、向かったのは東中野の駅の側にあった警官夫妻の家だった。玄関を入ろうとすると、犬に噛み付かれた。犬が噛み付くのも無理がない出で立ちであったのかもしれない。狂犬病になっては堪らない。医者に見てもらったが、大事ないとの診断であった。

細君はなかなかの美人である。それが繁華街をねり歩いているのに出会ったことがある。あんな貧屋に住み、こんな盛装をといぶかった。町行く人々がみな見とれていた。

家にあっても遺憾なく色香を発揮する。家の近くに三十男がいて時々、細君と話し込んでいた。よほどこの細君に迷っていたらしいが、何しろ亭主は警官である。さすがにいい加減なことはできないでいる、という感じだった。

夜は夜で嬌声をあげる。かなりおそくなってから、こちらに向かって「寝たの？」と聞くことがある。「まだ起きている」とは言えない。やむなく眠ったふりをする。

そんなこんなで、この屋も長居すべきでないと感じて引っ越した。かくて大学四年間を通じて十三回引っ越した記憶がある。その後はどうであったかはっきりしたことは覚えていないが、その頃から根城を埼玉県方面に移した。始めは蕨市郊外の農村。ここは農村ながら東京への通勤に甚だ便利だった。十分ばかり歩いて県境の橋を渡って都電に乗ればよかった。そこに女だてらに風来坊だった妹が押しかけて来た。その妹が自分の都合で川口に引っ越したいと言う。任せておくと川口の駅の近くに貸間を見つけて来た。流石わが妹である。その屋の女主人は七十数才、これがなかなかがめつい婆さんだった。かなり広い家の隅々まで貸しに貸しまくっていた。普通なら貸間の対象にはならない人の出入りの激しいところも貸していた。借り手の方も大変な女傑でそこに平然として寝起きしていたのには些か驚いた。

同じ間借り人にMさんがいた。豪傑風の容貌にもかかわらず、気は至って優しい。しばしば私に碁をやらないか、と誘った。私の碁は甚だヘボである。それでも、時には勝つこともあった。ある時、側で見ていた妹が「あの人、わざと負けてくれたんじゃないの？」と言った。言われてみれば、そうかも知れない、いや、そうに違いない、と思った。にも拘わらず、私は彼が誘えば、必ず相手になった、と言うより相手にしてもらった。Mさんは数才年上、労組の幹部で私とはとりわけウマがあった。碁の合間にいろいろ話し合った。

ある時Mさんが言った。

「俺の親父は実は戦犯なんだ。お袋の言うには、卑怯な連中の犠牲になって戦犯にさせられたんだ。俺はそのお袋の言を信じている」

私は、遠慮しながらも敢えてこう尋ねた。

「そのお母さんの言葉が真実だという証拠が何かありますか？」

「ない」とMさんはぼっそりと言った。

ない、と言い切ったMさんの顔は悲痛だった。その悲痛さを見て、私はかえって真実味を感じた。戦犯になった人々にはそんな人が少なからずいたに違いない。

戦争などをすることが如何に馬鹿げたことか、その理由は様々あるが、こんな戦犯のあり方もその一つだと言ってもよいだろう。

西荻窪の下宿

昭和二十五年、私は大学に入学した。実はその前年と前々年に受験に失敗した。当時は学制が変わり旧制高校と（その翌年）新制大学を受験したのであったが、三度目でようやく合格したのである。合格通知を受け取るまでは、どうせまた失敗だろうと思っていたので入寮の手続きをしていなかった。

高い下宿代を払うのは気がひける。しかし、父は意外に気安く知人に頼んで下宿屋を探してくれた。父はたまたま所要があり、私は父とともに上京した。その下宿屋への道すがら、父は「帽子をかぶってみろ」と言った。上京前に母が従兄の昔の大学帽をもらって来ておいたのだった。私はかぶる気にはなれないでいたが、仕方なくかぶってみせた。父は奇妙な笑みを浮かべた。当時は大学帽などかぶる学生は少なくなっていた。私がこれをかぶったのはこの時だけであった。

下宿屋は西荻窪にあって、爺さん婆さんがやっていた。爺さんは元陸軍大佐、いかにも威厳のある白黒の髭をはやしている。玄関のところに「シカト戸ヲシメヨ」と書いてあったのを思い出す。婆さんの作る食事は特にうまくもまずくもなかった。食後にはきまって茶を配った。田舎の町では食後はサユを飲むのが習慣であったが、この下宿屋ではそうはしない。私はサユがほしくてたまらなかったが、そんなことを頼むのもはばかられた。今も私は食後にはサユを飲む習慣である。湯を飲みながら「うまい」とつぶやくと妻は「アンタがうまいと言うのは湯を飲むときだけね」と言ったことがある。子どものころからの習慣は根強いものだ。私にとってどんな馳走も食後のサユにまさるものはない。

外に出ると東京女子大への通学道であった。音に聞く才女たちの学校だから、気になったが特記するようなことはなかった。

五、六人の同宿人がいた。そのうちの長老格は医師見習生で、他の学生たちにあれこれ指図がましいことを言っていた。

隣室のHは日大生、芸術科の学生らしくこまごましい塑像を作っていた。ふと覗いたら、「これアンタがヒントになった作品だ」と言って妙な像を見せた。

「何でこれが俺なの?」

「分からないかな」

大学合格（一九五〇年春）

「分からんよ」

東京はさすがに都だ。様々な人間がいるわいと感じたものだ。

Mという早稲田の学生は群馬県出身の田舎者で無性に気が合った。あるとき、

「どんなことが好きだ?」と聞く。

「取り立てて好きなこともないが、せいぜい野っ原で寝そべることくらいかな」

「そりゃいい。俺も似たようなもんだ」

二人は野っ原に出かけ、文字通り寝そべった。Mはすぐスヤスヤ眠ってしまう。こちらはさっぱり眠れない。時間が立てばたつほど腹がたった。

「いい加減にして起きろ!」

「何を怒っているんだ」とMが目をさまして言った。

下宿代は月四千円。当時の私(わが家)にとっては大金だ。何とか安いところに引っ越さねばならない。何しろ食い盛りのきょうだいが七人(兄だけが就職していた)。三度目の受験のときは父母に「学費は自分で何とかする」と宣言したのである。幸い三鷹の寮に空きが出来たのでそこに移った。その後はアルバイトにより何とか生活を維持出来た。

HともMともその後会っていない。思い出す度に、あのときMに腹を立てたのは済まなかったと悔やんだものだ。

二つの恋

磯田君の恋

大学に入ったばかりの頃、私はあまり学校には行かなかった。だからたまに出席しても回りに友人がいない。磯田君も似たようなものであった。校門のそばで休んでいると、彼が通りかかり、どちらからともなく声をかけあった。それがきっかけで二人は言わばサボリ仲間になった。

二年で教養課程が終わり専門課程に進むことになっていたが、二人はさぼり癖のためか、仲良く進学が遅れた。俺は中国史をやることになり、磯田はスペイン文学を選んだ。

その文学関係の講義で彼は一人の女性を見初めてしまった。

世に知られた――と言うより世界的に知られた大学者の娘であった。その頃には、二人ともかなりまともに講義に出るようになっていたが、彼はその胸の内を俺に打ち明け、是非仲を取り持ってくれと言った。親友の願いをかなえてやりたいのは山々だが、果たして俺にそんな役がつとまるだろうか、と逡巡したが、結局彼の導くままに彼女の家の近くまで出かけた。

「もうそろそろ帰る時間だ」と彼が言ったが、それから一時間も待ったであろうか、そのころにはかなり激しい雨が降っていた中を彼女が傘をさして帰って来た。こちらはビッショリ濡れていた。彼はこそこそと逃げ隠れようとする。

「オイオイ、君が側にいなくちゃ、どうにもならんじゃないか」

言われて磯田は側に戻ったが、目はあらぬ方を見つめている。彼女の方を見るのがこわいみたいであった。

彼女が数メートル前まで来たとき、俺は呼びかけた。

「ちょっと済みませんが……」

その時には、彼女は既に磯田いるのに気が付いていた。

「あの人のことですか」

あんな人キライ！　と言わんばかりの顔であった。どうやら磯田はそれまでも彼女の近くをうろうろしていたに違いない。それ以上何も言わず、彼女はその場を去った。

パン屋の娘

磯田の恋は実らなかったが、彼は事後サバサバした調子で私に言った。

「彼女が俺を受け入れるなどとは期待していなかった。ただ、どうしても俺の胸の内を彼女に伝えたかったのさ。君には雨の中大変な苦労をかけさせ済まなかった」

その磯田と私の間には、実は約束があった。互いに恋の懸け橋をするということである。

だから、今度は彼が私のために一肌脱ぐ番になっていた。

私が相手にしたのは――いや、相手にしようとしたのはパン屋の娘である。二、三度その店に行ったら愛想がよく気立てもいい娘らしい。それで何となく好きになった。

ある日、買い物をした後、彼女が追ってきて釣銭が少なかったと言って不足分を手渡した。以来私はぞっこん参ってしまったのである。

学生時代、ひとり下駄履の著者（前列右端）

磯田は、わざわざ学校を休んで私の住む世田谷にやって来てくれた。休まなければ、彼女の下校の時刻に間にあわないし、パン屋の店先で交渉するわけにはいかない、というわけである。

その日、二人はある私鉄の駅前で、娘の帰るのを待った。どの位まったか、娘が電車から降りて来た。見れば、娘の側にはも一人の女学生がいる。それが至って可愛い顔をしている。私はちょっとの間その顔に見とれた。

「二人のうちドッチだ?」と磯田が聞く。

俺はアッチともコッチとも言い出せなかった。二人の女学生は当然我々の前を素通りして行った。

その数日後、私は例のパン屋に行って駄菓子を買った。何となく気恥ずかしかった。娘に銭を渡すと、そそくさと立ち去った。かくてわが恋も終わった。

磯田と私と、武士は相身互いということか。

大学院の頃、東洋史研究室で

夷客往来記

ボケと付き合う

物忘れ

物をどこに置いたか思い出せない。だから五十音順の物品一覧表（その置き場一覧も併記）を作った。ところが、その品名が思い出せないことさえある。例えば、クリップ——とは何のことだっけという具合である。そういうことが再々おこる。こうなればまこと、お手上げである。ボケと付き合うのも大変だ。

近ごろ、何の関係もなく他人の顔が目に浮かぶことが多い。それも取り立てて近しくしていた者の顔ではない。名も知らず住所もさだかではない奴の顔を思い出すのである。そのくせのっぴきならぬほどの友人の顔が思い出せない。その友に相済まないような感じである。これもボケの症状なのだろう。

何の関係もない他人とは必ず男である。女であること、まして美人であることはほとんどありえないという感じであるのは、「俺としたことが……」とボケが極まったという思いであるが、それでいいのかも知れない。

パタリ、ポトリ

一年半ばかり前に、この地柴又に引っ越してからどうも体の調子が悪い、医師に相談すると、医師はいろいろ尋ねたあと「どうも長時間椅子に腰掛けているのが悪いようだ。同じ長時間の仕事でもアグラの方ならまだよい」と言った。

そう言われて、私はつい最近まで使っていた座り机を持ち出して来てアグラで仕事をすることにした。この机は、実は妻の〝嫁入り道具〟である。義母はこの机で何十年も洋裁をして生活していた。義母は義兄のところへ行くことになり、机はわが家のものとなり、それからまた何十年も私がこれを使ったのである。これほど亭主の役にも立った〝嫁入り道具〟はざらにはあるまい。残念ながら、それを物置の片隅に引っ込めておいた。

座り机を復活したら、意外に結構なことがあった。高い机のときは物が机から落ちる。パタリ、ポトリと音がする度に、私はため息をつきながら椅子からおりて座りなおし（そうしないと落ちた物が拾えない）、また立ち上がって物を元に戻したものだ。こんなことが凄く億劫なのである。今では物が落ちても、すぐ拾って元に戻せる。パタリポトリが気にならなくなった。恐らく今後ながいこと座る習慣をつければ、他の面でも体のためになるのだろう、と期待している。

この机の件と前後して工夫したのは、なるべく体を動かさないで、必要なものを机上に取り出すことである。もちろん、それらを手の届く所におけばいいわけだが、足腰の不自由な身には、それらが邪魔になるようでは、立ち上がって外に出ることが危険である。現に外に出ようとしたらドアまで行く前に物につまづき倒れ怪我をしたことがある。

手元におくべき物は厳選すればさほど多くはないから、そんなことで生活は何とかなる。

忘却

近ごろしょっちゅう漢字を忘れる。例えば、我が住所の柴又の柴の字を忘れている――これなどはその辺を見れば書いてあるからいいが、そうも行かない場合が多い。それでもワープロを使っていれば、大抵の場合はなんとか出てくるが、出て来ない場合は一々字引を引かなければならない。

漢字だけではない。言葉そのものがかすんでしまっている。特に地名、人名を忘れたときは甚だ困惑する。柴又から都心に出かけるときはバスで小岩に行きそこから電車に乗るが、帰途にはその【小岩】を忘れていて家に帰れない。かすかに【小】字があることを思いだし、駅員に【小】の字のつく駅名は？　と尋ねた。このトンチンカンな質問に相手も困ったようだが、ようやく地図を見せてもらって解決した。こんなことが再々だから、【小岩】の文字を書いた紙をポケットにしまっておくことにした。さすがにその後しばらくしてからは、紙片を見ないでも済むようになった。ところが三、四度紙片なしで往来したが、またぞろ忘れてしまった。今ではその【小岩】の紙片をビニールの袋に包んで靴箱の上に置く。出掛ける時持ち出すかどうか、チラと思案してから、袋を置いたまま出かける。それにしても何故【小岩】がそんなに覚えづらいのか、我ながら了解に苦しむ。

人名の場合は更に面倒だ。大抵は古い友人の名だから、それを知るものはあの世にしかいない場合が多い。さまざま資料（？）をしらべてようやくその姓名を見つけだしても、電話も住所も変わっているという具合だ。

ちょっとした抽象語（というのも大袈裟だが）も思いだせないことが間々ある。先日ワープロをいじっていて、言葉につまりそこを空欄にしておいた。あとで気が付いてそこに【迷惑】という文字を挿入したら、意味が通ずるようになった。そんな言葉もすぐには出て来ないことがしばしばあるのだ。


便所から戻ってきたら、さっきからやっていた仕事のことをすっかり忘れている。今に始まったことではない。それに近いことが時々あるのには、ほとほと参っている。こんなことを防ぐにはメモを取っておく外はあるまい。但し、私のボケの症状には徴候がある。便意を催したときには、待ったなしだ。幸い後から何とか思い出しているものの、何かよい手立てはないものか。

薬の飲み忘れにも困った。ここ二、三年来、病院通いがつづいているが、最近では飲んだか飲んでいないのか、はっきりしないことが多くなった。何しろ、朝、昼、晩の三度飲むのだから、こんがらかってしまう。二重に飲んでもわるいだろうし、飲まないままにしているのもまずいだろう。日本では医師は大抵忘れずに飲めという。昔、中国で医師に見てもらったときは、必ず薬は一定の期間をおいて一時停止せよ、と言われた。薬害を防止するためである。

とりあえず、医師の言に従って薬を飲むのを忘れないように、次のような便法を取っている。朝、薬を飲めば、昼の薬の袋に「未服」と書いた紙をいれておく。昼には迷わずその「未服」の分を飲み、その「未服」の紙を夜の袋に入れ変える。

これを数日繰り返したが、今のところ順調に服薬が出来ている。

道に迷う

初め柴又は五つ角の多いまちと思っていたが、わがマンションの近くにあるのは、よく見れば六つ角であった。今日、その六つ角の町を散歩していたら道に迷った。この辺を行けばあそこにでるはずと歩いていたら、見かけない所にいるのにきがついた。引き返そうとして、町並みを見ると、そこも六つ角であった。こんな限られた範囲に六つ角が二つもあるのだから、慣れないものが道に迷うのは当然だ。柴又は、昔、江戸ではなく千葉県の農村であった。それが東京に編入されてから、都市化が進みやたらに道路が造られたに違いない。どうにかならないものか。そんな感じでいた帰り道、初めの六つ角で老婦がどっちに行ったらいいのか、うろうろしているのに気が付いた。そう言えば、そんな老人に会ったことは一再ではない。

恐らく長いことこの土地に住んでいる人々は、慣れっこになっているだろうが、慣れない老人には、甚だしんどい。

子どものころ、家からさほど遠くもないお寺に行ったが、帰り道がわからなくなった。泣きそうになってうろつき回った揚げ句、親類の家の近くにいることに気が付いてほっとしたことがある。

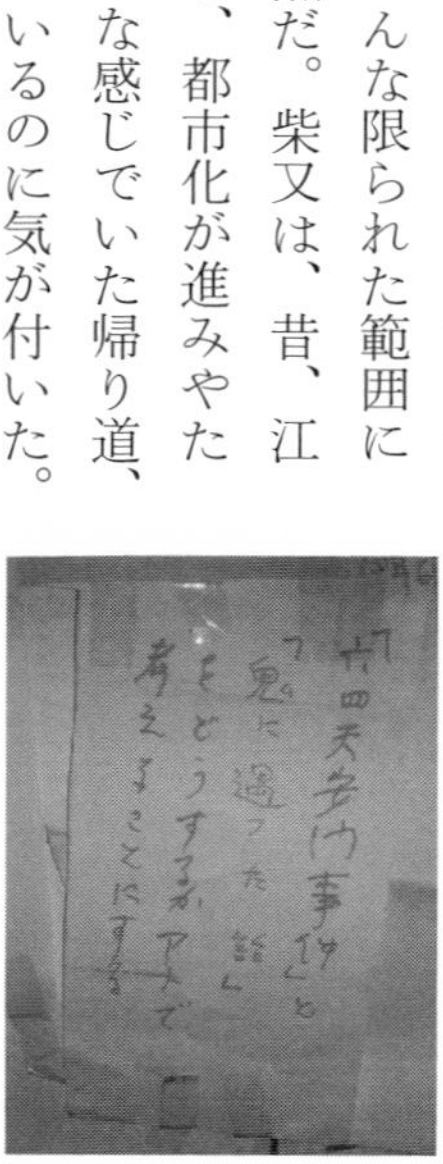

メモ書き

曾て、八千代市に住んでいたとき、散歩の途中で隣人に会った。彼の案内でとある喫茶店に入った。隣人がこの近くに用があると言って、一人で立ち去ったあと、帰ろうとしたが、初めての所だし、既に暗くなっていて道が分からない。通りすがりの人に尋ねたが、ますます混乱するばかりだった。

近ごろでは、年をとれば道に迷うのは極く当たり前なのだと思うようになった。死んだ兄が晩年隣町に出かけてさんざん道に迷った揚げ句、ほうほうの体で家にたどり着いたことがあった。知人が独りで散歩に出かけ行方不明になり、翌々日にはかなり離れた所で死体となって発見された。死体は随分歩き回ったらしい跡が見えた、という。

私も気をつけなければならない、と自戒している。

会津弁と疎開者

ふと八幡神社で休んでいると、犬をつれた七十がらみの男が通りかかる。

「いい天気だなシ」と言った。続けて「気分いいが（カのなまり）シ」とも言う。

「アンタ会津の出身ですか」と聞けば「そうだシ」と答えた。

会津弁では言葉の末尾にシをつければ敬語になるのである。

私が会津の出であることなど知る由もあるまいに、よほど拘りのないたちなのだろう。「○○の生まれ、□子と同じだシ」と続けて言った。

私は□子なんていうタレントは知らないし、○○などという地名にも覚えがない。

答えかねていると、男は犬に引きずられるようにして立ち去った。

旧制の中学校に入ったころ、このシが盛んに使われているので、急にオトナになったような気がしたものだ。もちろん聞き慣れた言葉だから、先生や上級生にむかって早速使い始めた。

同じ町の女学校出の妻に「女学校じゃシを使ったかね?」と聞くと、「さあ覚えていない」という。

妻は幼いころ九州で育ったから少し無理な質問である。後で妹たちに聞くと、どうやら彼女らは標準語に近い言語をアヤツっていたらしい。中学校は質実剛健である。そんな都会風の〝軟弱〟な言語の影響なんぞは受けなかった。

とはいえ、戦時中のこと、疎開者がどんどんやって来ていたから、標準語があることを意識せざるを得なかったはずである。

いつか、そんな曾ての疎開者のKと偶然東京の街で出あった。

同じ疎開者のことを思い出して尋ねた。

「Tのことは覚えているかい?」

「もちろん、覚えている。今じゃ連絡がなくなったが……」

疎開者は在来の生徒とはそりが合わないところがあった。TはMという俺の旧友と喧嘩したことがあった。Kが中に入ってこれを止めたのである。

「疎開者は在来の連中とうまく行かなかったのじゃないか?」

「いや、そんなことはない。東京に戻った連中はみなあの頃を懐かしがっている」

そう言えば、在京者の同級会には疎開者の出席が目立って多い。

「君から教わった会津弁だいぶ役にたったよ」

そう言われるまでもなく、こちらも思い出していた。

彼が頼んだのか、こちらが押し付けたのか、ともかく二人ともかなり熱心に〝教習〟しあった。同級生同士の言葉だからシ抜き（敬語抜き）の会津弁である。が、どうも彼の口にする会津弁は、初め大分おかしかった。例えば、「行こう」という標準語は何というか。彼の発音は「イクベ」と聞こえる。それでいいはずだが、やはりチトおかしい。よくよく聞いているうちに、何故おかしいのかが、分かった。実は会津弁では「イグベ」でなければならないのに、私は「イクベ」と聞こえるようにしか、教えていなかった。「グ」をはっきりさせなければならぬ、——そんなややっこしいことを悟るには教える側にも暇がかかったのだ。そんなこんなでやがて、Kの会津弁は完成に近づいた。

後から考えてみると、「エグベ」の方がいいのかもしれない。とはいえ、会津弁では（というより東北では一般に）ィとエが曖昧である。ィもエも多くはその中間の音で間に合わせているのだ。そんな微妙なことがあるから、方言の〝教習〟はなかなか面倒なのだ。そんなことを言えば、今さら馬鹿馬鹿しいことを、と思う人が多かろう。だが、方言の維持発展は文化全体の維持発展のために有益であろう。これがすたれっ放しになることは、決して文化の進歩には繫がらないと、私は思う。

イとエ

昔は東北人はイとエの区別がつかないことが多かったが、最近ではさすがにさほどではなくなった。私自身も昔はアイマイであった記憶があるが、小中学の教育の中でいつしかそれが、矯正されていた。そう思っていたが、最近になって、チト変だと思うことにであった。「偉」の音を「エ」と思っていたのである。そう言えば、も一度似たようなことがあったと思い出したが、具体的には何のことか忘れてしまった。そのままにしておくのが、気掛かりになって、漢和辞典の索引を調べて、イ音の漢字を調べてみた。中に「偉」字の外に「夷」字があった。この音もやはり「エ」だと思ったのであった。

断っておくが、両字の音を読み違えたのは、一瞬のこと、すぐ誤りに気が付いた。その誤りはまことに微妙である。誤りの原因は「偉」の訓がエライであり「夷」の訓がエビスで、共に「エ」で始まることにある。それでエとイがゴッチャになったらしい。

タバコと付き合って何十年?

いつも立ち寄る喫茶店に入ったら、目の前に「甘酒３００円」という紙が貼ってある。釣られて「アマサケ」と怒鳴ると、女将が「アマザケですか?」と聞き返した。

「そうだ」と言ってから「アマザケかアマサケかどっちが正しいのかな」と聞いた。

近ごろつまんない言葉があやふやだから、又間違えたかな、と思ったのである。

「そう聞かれると、私にも分かりません」と女将。側にいた女客が、

「そりゃ、アマザケですよ」

「どっちでもいいのよ」ともう一人。

そんなやりとりを聞きながら、ふと見ると〝300円〟の側に、平仮名で「くずもち450円」と書いてある。今度きたらこれを頼もう――「グズもち」とはいうまい、などと愚図愚図考えていた。

気がついたら、この間にタバコを三本吸っていた。最近は健康に悪いからと、随分減煙に努めた結果、以前は四十本くらいであったのが今では二十本にまで減少した。それも吸いさしのものはなるべく捨てるようにしている。でないと、いじましく吸いがらを取り出して火をつけるのだ。タバコは一日一箱しか買わない。それもなるべく遅い時刻に。

今日は四時間も吸わないでいたから、短時間に三本くらいすっても大丈夫だなどと思ったりするのである。

もう何年前になるか、禁煙を志したことがある。意外に簡単に止められた。これなら何時でもやめられると思ってまた吸い出した。ところが、やがて本当に止めようとした時には、そうはうまくは行かなかった。いつしか前述したようなことになってしまった。

高校の頃には、不良仲間がけっこうタバコをやっていた。その真似をする気にもな

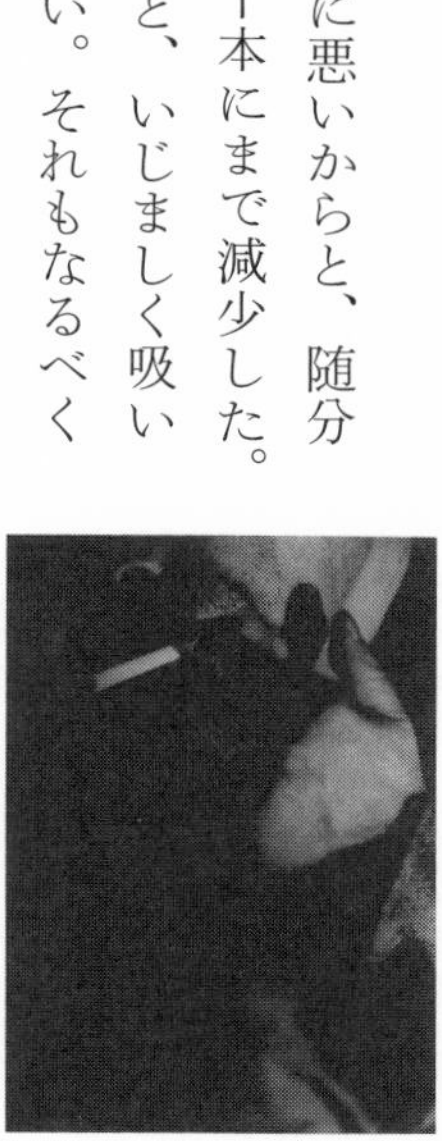
タバコを吸う著者
（手代木由里撮影、一九九三年頃）

らずにいたが、大学の寮に入ったら、周りの連中が皆吸っている。当時私は十九歳、〝国禁を犯す〟ことになる、などとチラと思ったが、構わず吸い出したのが、そもそもの始まりであった。

今更思うことは、

「みなよく止めらるな。俺は意志薄弱なのかしらん。まあいいや。止めなくても、寿命にはさして変わりはあるまい」

自分では、九十までは生きるだろう、などと思っているのだ。

就眠手続き

私は子供のころから寝付きが悪い方であった。親きょうだいがスヤスヤ眠っているとき、目をあけてポカンと天井裏を眺めることがしばしばあった。高校のころは受験勉強のため遅くまで起きていることがあって、翌朝登校するのが辛かった。学友が二人さそいに来る。彼らを待たせておいて三杯メシ（戦後の食糧難も既に解消していた）をかっこんで出掛けた。二人とも大らかなもので、待っていてくれたのである。

今じゃ年のせいか、すぐ眠くなる。朝飯のあとに朝寝をする。昼食はとらない習慣だが散歩をすれば、その後うとうと。つい床に入る。そんなだから夜は寝付けない。夜中の二時ころまで起きている習慣であった。最近になってこれでは健康に悪いと思うようになり、十二時前に寝ることにした。長年の悪習を断ち切るためには相当の努力が必要である。

そこで私は〝就寝行事〟なるものを思いついた。寝るためにはあらかじめ、そのための準備をしなければならないのだ。

先ず、翌日の予定をたてること。朝起きたのはいいが、その日のやることがなければ、ついウトウトしてしまう。その予定をきちんと書いて机上に置く。書いておかなければ必ず忘れるからだ。それを書いた後、着替えの準備に部屋を出る。私は寝間着は着ない習慣だ。その代わり、毎夜、洗濯済みの靴下、シャツ、冬は股引き、それに褌――私は長いことこれを愛用している。何故こんな便利なものを日本の男たちは着るのをやめたのか、不思議に思う――などを寝台にもって来る。そして寝床を整理し、着替えをし寝台につく。

これらは何でもないことのようだが、一日の疲れがたまっている老いの身には、相当の負担である。長々と順序を書いたが、その順序を違えただけでもまごつく。上記四つをもって来るのでさえ間違えてとりに戻ったり、シャツを着替えるのに左右を逆にしたりする。明日の予定を書き忘れることもある。これじゃ、折角寝についたのに起き上がらねばならぬ。でないと明日一日が台なしになる。明日になってからでは、何をやるか思いつかない――その日の内にきめておかないと、決める根拠が思いつかなくなってしまう。耄碌とは、そういうことなのだ。若い人には到底察しがつくまい。いや、普通に眠れるなら、老人にもこんなことは分かるまい。

こんなことの度にため息がでる。そんなことで、この〝就寝行事〟は意外に暇がかかるのだ。この〝行事〟に慣れるために私はその順序をしっかり決め、それを正確に守ることにした。とりわけ、重要なことは朝寝、昼寝は絶対しないこと。

その結果は、効果充分であった。これを始めたばかりのころは、〝行事〟に一時間余もかかったが、今では十五分もあれば済ますことができる。書き忘れたが、〝行事〟の中に重要なこととして〝小便〟がある。これをうっかり忘れると、一旦苦労して登った（おおげさだがそんな感じだ）寝台からため息をつきながら降り、トイレにいかねばならぬ。

今では、この一連の〝行事〟を私は〝就眠手続〟と改称した。何しろ肝心なのは〝眠〟ることであり、〝寝〟ることではないからだ。

ボケの進行

近ごろでは、ボケと付き合うなどと悠長なことは言っておれない状態が続いている。ボケに苦しむなどとは言いたくないが、〝ボケに抗う〟とか〝刃向かう〟とでも言っておこうか。書斎（という程のものではないが）であぐらをかいてワープロなどをいじくっていて、すぐ側にあるものを取ろうとしても手が伸びない。身辺においてある孫の手でとり寄せて用をたすことになるが、たまたまそれが側になければ、わずか１０センチほどでも一々立ち上がって、ため息をつきながら、それを取り寄せるという具合だ。書斎を出るときは当然立ち上がるが、ドアまでいくのがチト面倒だ。狭いところだから様々物が置いてある、それを取りのけなければ、つまずく恐れがある。現に一度転んだことがある。幸いケガはしなかったが、ウカウカできない。

何でもない言葉を忘れることも多い。実は前述した「孫の手」も思い出せなかった。

たまたま家内が留守で彼女に聞けない。もたもた考えているうちに、戻ってきた。立ち上がるのが億劫だから、「戸をあけてくれ」と怒鳴ったが、聞こえないらしい。やむなく立ち上がって、戸を開けて孫の手を示し、「これ何と言うんだっけ？」と聞いて判明したというようなザマだ。「戸をあけろ、と言っているのに……」「電話かけているのかと思ったワ」彼女のボケも一人前になった。大声で言わなくちゃ聞こえない。家じゅうがボケだらけになってしまった。

江戸時代を懐かしむ

柴又の地に住んでもう一年はゆうに過ぎた。種々慣れないところもあるが、さすがは寅さんの故郷、至って住み心地がいい。都心にはない懐かしさがあるような感じだ。恐らくこれは昔の〝お江戸〟風のムードが残っているためのように思える。

最近の日本はイケスカナイことが多い。テレビもラジオも朝から夜までつまらないことを繰り返している。一体に財界や大企業の宣伝が横行しているのだ。

若者は昔のことは知らないから、現在の風潮に慣れっこになっているに違いない。年配者はそうは行かないと思う。人は現在に不満をもてば、昔のことに思いを馳せる。昔の革新的思想は、洋の東西を問わず、その懐旧の情の中から生まれたように思われる。と言っても、昭和や大正では、今とさして変わらない。明治もその延長にすぎない。

この間、日本は欧米の影響の元に民主主義を受け入れた。その民主主義の先駆であった列強においてさえ、民主は今ではお題目になった。いや、滔々たる近代化の中では、

「主人公は人民」にはならず、万事、財界・経済界の優先が続いたように思われる。

そんなことで、私は江戸時代を懐かしむ。そこにはチョンマゲがある。現代とは画然とした相違があるから、ゴマカサレないで済むという安心感がある。

江戸のどの辺りのことかはさだかではない。佐五八という職人がいた。ふとした弾みに、田舎から出て来た一人の男と知り合った。しゃべっている中に男が、

「オレ今夜寝るところがねえ」という。

「ホンジャ、俺の所に泊まりな」と佐五八。

「布団はあんべか？」

「あるさ……」

ある、とは言ったが、あるのはせんべい布団が一枚だけ。それを横ざまに敷いて、二人で並んで寝た。が、二人とも眠れない。

「お前、くには何処だ？」

「出羽……」

「大分遠いところから来たもんだな。江戸に知り合いはないのか」

「あることは、あるんだが、何処に住んでいるかも分からない」

いろいろ尋ねてみると、男――名は権三という――の知り合いと言うのは、甚助という爺さんで、たまたま佐五八も知っていた。かなり売れっ子の大工である。しかし、何処に住んでいるかは分からない。

翌朝、佐五八は懇意にしている役人のところに行って尋ねた。

「甚助爺さんなら、直ぐ近くにいる」

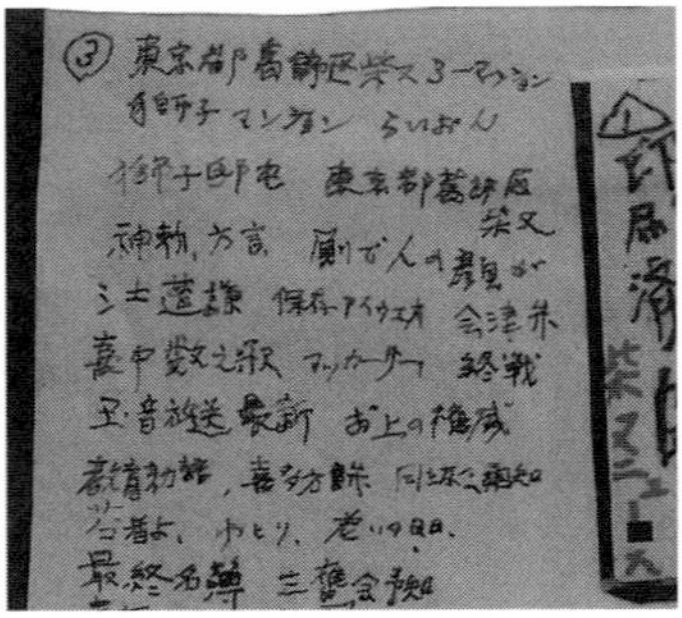

メモ書き

佐五八は権三を連れて甚助爺さんのところに出かけた。爺さんは権三の顔を見ると、ひどく喜んだ。

「親父そっくりになったな」

爺さんは、佐五八のことも覚えていてくれた。

「随分、昔のことだが、あれから何年になるかネ」「十年にはなります」

それから数日後、爺さんが権三をつれてやって来た。来るなり、爺さんは台所に立った。権三が爺さんの指図で動く。間もなく豪勢な馳走ができた。チッチャナ卓では並べ切れない。畳の上にナベや皿まで置いて食らった。

佐五八の直ぐ側に仁助という変わり者がいた。それが、ある時、女を連れてやって来た。そこに権三も来て、賑やかになった。

女がふと言った。「アタイの近くの家に夜になると幽霊が出るんだって」

聞いた三人は女の手前、意気がって、

「その幽霊とやらを退治しよう」となった。

直ちに出かけたが、一向に幽霊など出て来る気配はなかった。そのあと幾晩か過ぎて、女が佐五八のところにやって来た。

「やっぱり幽霊は出るらしいわよ」そう言われて、佐五八は知らんぷりもできない。

権三をさそって出かけた。例の家で待ったが、しばらくは何事もない。そのうち、ふと見ると家の前の松の木の上で何やら黒いものが蠢いている。思わず権三が「いる、いる」と叫んだ。

すると、その黒い影はパッと飛び出した。三羽の烏だった。三羽は舞い上がったあと、「カア、カア」鳴いた。お江戸の烏、ふだんは、人間の迷惑を考えてか、あまり激しくは鳴かないらしい。だから人は烏とは思わず、幽霊にしてしまったのだろう。

二人とも、人に「あれは実は烏だった」などとは語らなかった。女もそのことは知らされていたが、回りには黙っていた。佐五八と権三は、幽霊を退治したとしてもてはやされた。

布袋尊と弁財天

昔なじみのFさんが訪ねてくれた。仲間たちと一緒に七福神巡りに来たという。そういえば、私の住む柴又の街には七福神が勢ぞろいしていると聞いたことがあるし、わが家の近くには、布袋尊の像のある良寛寺がある。

「七福神ってだれとだれと……だれだっけ」と聞くと、Fさんは手に入れたばかりの、七福神の寺々の地図を置いて行った。その内の二つほどには私も行ったことがあるが、残りも皆訪ねてみよう、と思っていると、隣人から布袋の話をいろいろ聞いた。二年もたつとそれらがけっこうたまったのでまとめておく。

布袋はある日、近くに住んでいる弁天を訪ねた。弁天の像のある真勝寺は、良寛寺とほとんど隣合わせのところだ。

「随分久しぶりですね」弁天は相変わらず美しい。「この前お会いしたのは何時でしたっけ」

布袋はちょっと口ごもった。実は彼は、この前から「もう一年半も会っていない。是非会いたい」と考えていた。彼女にそう言われると、答えづらくなり、

「さあ、どうだっけ」とごまかした。

「初めて会ったのは、子どもの時でした。もっとも布袋さんはもう立派な青年でしたが」

布袋も当然そのことを覚えていた。

「あれは江戸川の川べりだったな」

「そうそう、楽しかったわネ」

その後も度々会ったが、布袋が特に覚えているのは、弁天がある時琵琶を弾じたことであった。そのことを話そうかとチラと思ったが、そんなことを今さら持ち出すのはと、またためらった。

その後間もなく弁天が布袋のところにやって来た。彼女は布袋の気持ちを感じてか、琵琶を手にしてやって来たのである。次々と聞く曲はみな聞き覚えがあったが、中に一つ初めて聞いた曲があった。

「これ何?」

「この前インドからやって来た友だちに教わったの……」

「最近、インドに行ったことある?」

「随分行っていない。五年前かしら」

「俺は十年くらいかな」

布袋は中国生まれ、唐末五代の人だが、仏徒であるだけにインドへの思いは強い。

柴又良寛寺の布袋尊像（二〇一七年）

弁天とインドに同行することになった。

　仙人のままの出で立ちでは、と思案した揚げ句、二人はごく平凡な二人連れの姿で機上の人となった。デリーについた時には、弁天の例の友人——名はミサ——が迎えにきてくれていた。

　降り立った時には布袋はおきまりのズダ袋をかついでいた。弁天も仙女の姿に戻っていた。

　デリーには一泊しただけで、二人はミサと別れて田舎に出かけた。至るところで子どもたちが盛んに二人に問いかける。

「どこから来たの？」

「日本から」と布袋。

「日本ってどんなとこ？」

「いいところだよ」

「どこにある国？」

　何しろ相手は幼い子が多い。アッチと言って弁天が東方を指さすという具合だ。

　たいていのところで、

「その袋、何はいっているの？」と聞かれる。

　聞かれるまでもなく、布袋は袋からいろいろ取り出して与えた。チョコレートもあればキャラメルもある。子どもたちははしゃぎ回って喜ぶのだった。

　布袋腹は人目を引き、弁天の美しさと同様人気を呼んだ。

　ある街で二人連れに呼びかけられた。男は西洋人らしく、女は普通のインド人である。「どちらから来たのですか?」と女が先ず聞いた。

「日本から」

それを聞いて男がケゲンな顔になった。

「日本でもあなたたちのような服装は珍しいでしょうね?」

「まあ、普通じゃありません。なにしろ商売が商売ですので」

布袋は、ついそう言ってしまった。

「何の仕事をしているのですか?」

こういう質問には二人は慣れっこになっている。だから〝芸能人〟になりすますことにしているのだ。

「失礼ですが」と西洋人が言った。「その芸を見せてくれませんんか」

そのころには周りにかなりの人々が集まっていた。

弁天が出て大きく手を拡げるとそこに一羽の鳩が舞い降りてきた。皆、拍手喝采した。

弁天は音楽好きの布袋にインド音楽を聞かせようと思っていたが、なかなか機会がない。たまたま彼女の友人の紹介で、ある劇場で演奏されていたガンダールバ形式【註】によるラーマーヤナを鑑賞することになった。

「ラーマーヤナって知っている?」

「その名は聞いたことはあるが、よくは知らないネ」

そこで、弁天が説明した。

このラーマーヤナはラーマの王子の名で、彼を主人公にした物語であって、インドでは誰もが知っている。魔王ラーバナにさらわれたシータ妃を奪還する武勇伝である。


【註】ガンダールバとは本来神の名であるが、その神が音楽好きであるところから、〝音楽〟そのものを意味するようにもなっている。

弁天もこれを見るのは初めてであった。二人は大いにこれを楽しんだ。

デリーに戻ってからは、またミサと会った。今度はミサが二人の市内案内を買って出た。何と言っても古来の幾多の王朝、国家の都である。その城跡や遺跡があちこちにある。ミサはこれまでも弁天を連れて歩いているので、何処に行こうかと相談したが、結局シャージャハーナバードを訪れた。そこはヤムチー河に臨む都城で、壮麗な孔雀王座で知られる貴賓謁見の間があった。こんな中、布袋は長安のことを思い出した。

「どっちが素晴らしい?」と弁天に聞かれて
「さあ、どっちとも言いかねる」と布袋は答えた。

「そう言えば、アンタに案内してもらって長安の鐘楼から都の有り様を眺めたことがあったネ」

「あれは宋のころだったな。もう都ではなかったが、長安はけっこう繁栄していた」

さすがは布袋、話がたいてい時代を超越している。

古代、中世とは違って現在のデリーは甚だ多様性に富む。人口過密をもたらす大企業、低所得の中小企業、軍事上の矛盾、難民の流入等など。弁天は祖国の現状を今更のように眺め、慨嘆しているかに見えた。

「これでいいのかしら?」

彼女は布袋とは違って時代を超越できないらしい。

「アンタが心配するには及ばないよ」と布袋が言う。「インド人は中国人や日本人と同様勤勉で着実だ」

デリーの遊歴を終えて、布袋と弁天は日本に——柴又に帰った。

紀元節、天長節

散歩していて何時もよく来る公園で休んだ。見ればまだ昼前だというのに子どもたちが遊んでいる。今日は日曜ではないはずだが……。近ごろは月日を忘れがちだ。

ひょっとすると紀元節の日だな……今じゃ何と言うんだっけ？

子どもたちはフットボールをしている。ボールを拾いにそばにきた子に聞いた。

「今日は日曜でもないのに、何故学校休みなの？」

子どもはちょっと考えてから「忘れた」と言った。そのころには、こちらが思い出していた。

「そうだ。建国記念の日となったはずだ」

本来ならば〝紀元節〟をそのまま残したいのが保守派の気持ちであったろうが、もうそんな時勢ではなくなっていた。小学校のころ「神武天皇が橿原の宮にて即位あそばされた日が紀元節だ」と教わったもので、当時はそれで通用したが、そんな遠い昔の日付がはっきりするはずがない。それに初代天皇の即位をもって国の始まりとするのは……という議論もあったろう。〝記念日〟ではなく〝記念の日〟とすることで、ともかくも建国記念の日がきまったのだろう。〝記念の日〟なら永いこと通用してきた紀元節の日をそのまま利用すればということになったに違いない。

戦前は四大節なるものがあった。元旦、紀元節、天長節、明治節である。これらの日は子どもたちは学校から紅白の饅頭がもらえた。昔の国家は意外に気がきいていたと思う。今の政治ではこんなことはなさそうだ。大企業の機嫌はとるが、子どもの機嫌などはとろうとはしない。

紀元節の歌はこんなだった。

……

草も木もなびき伏しけん大御代を
仰ぐ今日こそ楽しけれ

うろ覚えで、出だしがどうしても浮かんで来ない。ここの部分を覚えているのには理由がある。この式歌を練習していたとき、Uというがき大将がほかの二、三人と一緒になって〝草も木も〟のところを〝クサモチャ〟と歌いながら笑っていたのだ。草餅屋とは女郎屋を意味していた。日ごろは温厚だった担任のM先生が真っ赤になって怒りUの頬をひっぱたいた。そんなに怒らなくてもいいのに、と幼な心に思ったほどだ。

このMさんは思いの外好色漢であった。たまたま私が高校を卒業したばかりのころ、その草餅屋なるところに私を連れて行った。〝本格的に行った〟のではなく序でに寄り道したに過ぎないが、先生はその折りその方面のことについて、造詣ぶりを私に披露した。私はUのことを思い出したが、先生は忘れていたようだった。

……

今日の佳《よ》き日は大君の

日中友好協会千葉支部、春のピクニックで若者と語り合う著者（二〇〇一年八月）

生まれ給いし佳き日なり……

これは天長節（今でいう天皇誕生日）の歌だ。尊皇愛国の風潮の下でこちらは忘れることなく記憶に留まった。天長節についても思い出がある。三、四年のことだった。式が終わって何人かと一緒に帰る途中、待ちきれなくなって、河原ばたで、もらったばかりの紅白の饅頭を食らっていた。そこに女の先生が通りかかったのである。

「家に帰ってからチャンと神棚にお供えしてから食べるものよ」

果たして神棚に供えてから食わせる家がどれほどあったか、今では知る由もないが、学校ではそんな風に教えていたようだ。

ジャン友宮崎君の死

ふと宮崎君のことを思い出し、電話しようと思った。何せ三十数年ぶりのことだから、折角かけても留守ではイヤだ。夜の八時を待つことにした。八時三分過ぎベルを鳴らす。出て来たのは奥さん。

「先生はいらっしゃいますか？」

「どちら様ですか」「昔、高校教師のとき一緒であった手代木というものですが……」

「アラ、手代木さん……宅はなくなりましたノ」私は絶句した。

近ごろは暇にまかせて旧友に連絡することが多くなった。そんな折り、ふと相手が亡くなってはいまいか、と気になるから大抵相手のフルネームを持ち出すことにしている。でないと、息子が出て来たりして話がややっこしくなる。その息子も相当の歳で声も爺風であることが多いから、こんがらかるのだ。今回はそんなことを気にせず、直ぐにも宮崎君の声が聞けると感じていたのだった。
「何時お亡くなりに？」「五年になります」
「知らずにおって失礼しました」

いつか、彼とやはり同僚であった満田女史と三人で話し合ったことがあり、三人とも昭和六年の生まれであることを知った。それも、私が一月十日、宮崎君が一月二十日、満田女史が二月十日で、私が一番の兄貴分。三人はゲラゲラ笑ったものだ。

話はもどるが、宮崎君の奥さんの声はいかにも懐かしげである。私の名など覚えているはずはなかろうと思っていたのだが。宮崎君は私のことを様々語っていたらしい。彼は、同じ同僚のB、N、Fの三君とともにわがジャン友で、五人はしばしば、最も交通に都合のいいB君宅でジャン卓を囲んだが、一度位は彼の家を訪れたことがあったかもしれない。俺が最もジャン歴が短く、負けっぷりが堂々としていたはず。そんな話を奥さんは聞いていたに違いない。何しろ、ご亭主は職場随一の冗談の使い手であった。

こんな事もあった。夏休みで故郷の家に帰っていると、宮崎君がヒョッコリ訪ねて来た。喜多方ラーメンをおごった。伯母さんが女主人をしている東山の温泉宿に行こうと、彼が誘った。そこではたんまり御馳走になり恐縮した。

その後、私は満田女史とF君を誘って、宮崎家を訪れた。三人とも彼が死んだのを知らずにいたので、遅ればせながら弔問に訪れたのである。

はじめB、N、F三君を誘おうかと思ったが、弔問にジャン友うちそろうのも気がひけて、F君のみを誘ったのだ。その折り奥さんが、奥で何かごそごそやっていたが、

「こんなものが見つかりましたわよ」

と言った。見ればマージャンのことを色々書いた句集である。その中に、

「またしても、奥の手一期痛感か」というのがあった。

私のことを書いたに違いない。〝一気通貫〞は時々私がやらかす得意の手であった。

F君は大笑いした。

「何のこと?」と満田女史が聞く。

「手代木さんの上手さを褒めたたえた句さ」と言ってF君は笑いが止まらない。奥さんも「ホホホ……」と笑った。

マージャンのこと

昼間まどろんでいると、どういうわけか、マージャンの夢をみた。相手もいないのに、一人でスオズの〝一気通貫〞を作って悦に入っているところだ。数十年も前、故郷の町で教師をしていたころ先輩の家で若い連中が集まってマージャンをよくやったものだ。「いっきつうかん」と称していたのは、自信はないが恐らくこんな字だろう。一種類の牌を1から9までそろえる役だ。スオズの文字もはっきりしないし、その図

柄も何をしめしているのかもわからない。気になり始めたら、何時までも気にかかる。試みに百科辞典でマージャンの項を引いたら、かなり詳しく出ていた。スオズは〝索子〟で、トンズは〝筒子〟である。〝一気通貫〟は出ていなかった。序でに諸橋氏の大辞典で〝索子〟〝筒子〟を引いてみたら、日本語の振り仮名はなく、中国音のsuotzu tungtzuが示され、それぞれ「縄」、「つつ」と簡単な説明があった。恐らく日常使用される俗語的表現がマージャンにも用いられたのであろう。因にトンズはピンズとも呼ぶはずだが、ピンの字は百科辞典には出ていなかった。

イサクとゴロウとエイサクと

何でも最近イサクという小学校のころの同級生がいた、と思い出したはずだが、どんな字を書くのか、姓はどうだったのかは覚えがない。それから暫くした夜、眠れぬままに、イサク、イサクと言っているうちに、そうだあれはアルバムを見て思い出したのだ、と思い出した。起き上がってそのアルバムを探したが、見つからない。その後また暫くしてたまたまそのアルバムが出て来た。見ればイサクと思い込んでいたのは伊藤栄作の姓と名がゴッチャになっていたのだった。もう一人〝英作〟の名もあった。こちらは姓も名も顔もはっきり覚えていた。が、随分長いこと思い出さないでいた。そうだ、あいつとは喧嘩したっけ。ゲンコツで殴ったら、耳にあたり彼は泣き出して止まらない。コマクが破れたんじゃないか、と気になったが、その翌日には何ということもない顔で出て来たので、ほっとしたことがある。

初め「イサク」と共にゴロウも思い出したのだが、こちらの方はすぐに忘れてしまった。改めてアルバムを見たとき、ゴロウのヌーボーとした面構えはすごく特徴がある。この子は何かしでかしたはずだ、と感じたが、その記憶はどうもはっきりしない。七十数年も前のこと、そうやすやすとは思い起こせるはずがない。が、そのうち記憶がよみがえるかも知れない。

ここまで書いて、またも眠れぬ夜は、「イサク」のときと同じように、ゴロウ、ゴロウと念じたが、一向に効き目がなかった。

夷客断想

昔とった〝きねづか〟

〝昔とった杵づか〟などと言っても、今の人には何のことか分かるまい。というより、私自身が忘れかけていた。

ついこの前〝きね〟を思い出して漢字はどう書くのか、と暫く迷ったが、思い出せない。ワープロでキネを打ったら〝杵〟が出て来た。が、この字、キネかしらんと首をかしげた。そこで〝昔とったきねづか〟なる言葉を思い出しキネヅカと打ってみたら、〝杵柄〟が出た。ところが、今度はこの〝柄〟の読みが疑問になった。ツカの外には何と読むのか忘れている。ようやく〝手柄〟を思い出し、着物の〝柄〟がよいとか、悪いとかいう言葉もおもいだした。

考えてみれば、以上並べた言葉はみな古臭い。はっきりはしないが、今ではどれもこれもカタカナになっているのだろう。「ああ、昭和は遠くなりにけり」——若い人からは「ショウワって何?」などと言われそうだ。

赤チンが恋しい

昔、マーキロという消毒薬があった。子供のころは大抵の怪我はこのマーキロで治した。俗に赤チンと称した。子どもと限らず大人たちもこの赤チンを愛用したものだ。大分前のことだが、ちょっとした擦り傷ができた。なおりが遅いが医者に見てもらうほどでもない。薬屋に聞いたら、今どき、マーキロなどありませんよ、という。止むなく代わりの品を買ったが、気のせいかさっぱり効き目がなかった。最近、左ひじに傷が出来てカサブタが出来てそれがはがれたりする。シャツを脱いだり着たりするたびに痛む。そこでまたまた赤チンを思い出した。が、マーキロや赤チンなどという言葉は私の記憶違いかも知れぬ——ボケのせいか、そういうことが間々あるのだ——と思って辞典を調べてみた。確かにマーキュロクロムという消毒薬があって、「マーキロ、俗称赤チンのこと」とある。これなら薬屋に笑われることはあるまい。そうは思ったが、ちょっと気になって、家内に聞いてみた。

「赤チンは有害だというので製造禁止になったのよ」ということだった。何が有害なもんか! あんな有〝益〟なものを! と思った。とは言え、さすがに薬屋に行く気はしなくなった。

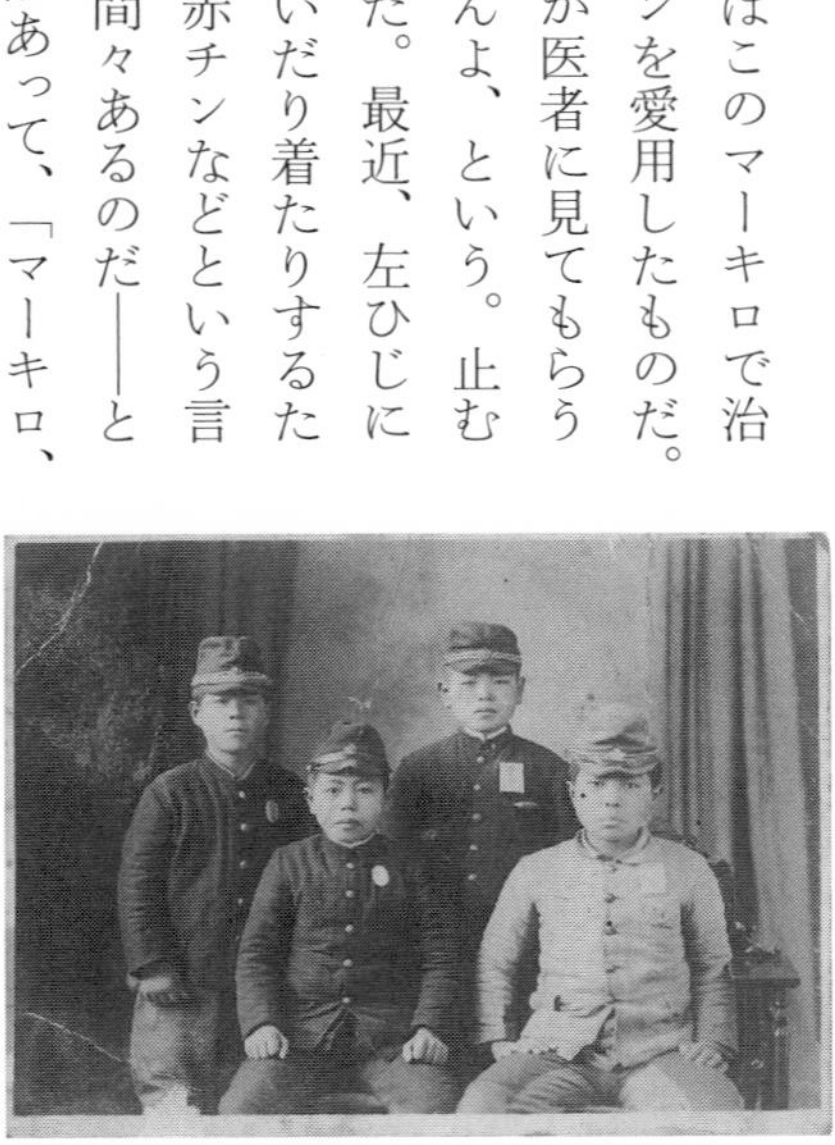

小学校の同級生と(右端が著者)

それにしても、すべての人に有益なものはあり得ないと思う。特に薬の類はそうだ。人の体質は様々であるから、有益とされるものでも全ての人に有益とは限らない。多くの人に有益であることは、同時に一部の人に有害であることにもなるのは当然なのだ。かりに、マーキロが有害な人が全体の5パーセント、として、その代わりの薬が、やはり5パーセントのいやそれ以上の有害さがあるとすればどういうことになるだろうか。95パーセントの人が受ける有益さを台なしにするだけではないか。赤チンが有害だというのは、一部の人にとってのことあろう。それに代わるべき消毒薬は、恐らく曾ての赤チンほど長い年月を経ていないから、それもまた実はかなりの人に有害であることがまだ知られていないだけではあるまいか。恐らくそれは製薬会社の利害の対立の中で、おカミが出したお触れであろう。おカミとても外の消毒薬が有害でないと確信しているわけではあるまい。おカミの出すおフレというものは、得てしてそんなものだろう。そんなおフレに振り回されたくはないが、現に赤チンが売っていないのだから何とも仕様がない。ああ、恋しいかな赤チン。

隣国

我々にとって隣国と言えば、「韓国」と「北朝鮮」である。但し、現在では「北朝鮮」は隣国と言える状態ではない。地理的には〝隣〟であっても、実情においてはそうは言いにくい。その両国が今のような状態になったのは、両国双方の人々にとって好ましいことではないはずである。それが今のようになったのは、一つには両国の体制の違いであり、も一つには曾てこの地域が日本の属国であったことである。

日本は国民大衆をも含めて、曾ての〝属国〟に対する、いわれなき差別感が牢乎《ろうこ》として残っている。

体制の違いについては、簡単には解決できない。永い年月を要する問題には違いないが、これをそのまま維持し続けることは、両国の人民にとって、決して好ましいことではない。

両国の政府は政治の現状維持のみを重んじ、民衆全体のことを二の次にしているように思われる。

ここまで思い至れば、そもそも両国成立の直接の原因は、当時の世界の二大勢力たる米ソの対立であったことを（一時的にではあるが）忘れていたのに気づく。南北両国対立はチョットヤソットのことでは、解決出来そうもない。

このことは、両国の人々にとっては勿論、わが日本にとっても、更にまた、も一つの隣国中国にとっても、重要な課題であろう。

これら諸国が、自国の立場のみにキュウキュウとせずに、大局的見地にたって東アジア全体を視野に入れてこの問題を解決するよう願うものである。

ナポリタンとナポリターノ

たまたま入った食堂のメニューに〝ナポリタン〟というのがあった。ふと、随分むかし兄が上京したとき、新宿の中村屋で食った料理のことを思い出した。田舎者の二人はシャレた料理の名など知るよしもなく、あてずっぽに頼んだのが、これだったたに違いない、と思った。それで、これを注文すると、あいにく品切れであった。聞くところでは、このナポリタンなるものが、最近大分若者の間で人気があるそうだ。そのうちこれを試食してみようと思いながら、店をでた。兄がこの時のことをよく懐かしげに語っていたからである。

そんなことを話したら、妻が「そのナポリタンのことじゃないかしら、この前新聞にでていたわ」という。その新聞を調べてみた。

その記事によれば、ある横浜のホテルのシェフがこれを考案した、というのである。米兵がスパゲッティにケチャップをかけて食っているのを見た、このシェフはケチャップの代わりにナポリ産のトマトを使ったのでナポリタンと名付けた。それが大分はやった。一時はすたれたこともあったが、最近では若い人たちの間で評判になっていると分かった。

どうやらこのナポリタンというのは、兄と二人で食ったものとは違うらしい。そう思ったら無性に気になって今度は中村屋に電話して聞いてみた。

「当店のはナポリタンではなくナポリターノです」

昭和三十五年ころから始めたと言うことだから、二人で食ったのはこのナポリターノであったのだ。

(付記)

ナポリの名は、ギリシャ人がこの地に植民市を建設し、ネアポリスNeapolis(新市)としたことに由来する。後世この地は多くのヨーロッパ人のあこがれの的となった。

十七世紀ころには一大文化地帯となり、以後多くの芸術家がここに集まって活躍した。中でも画家のカラバッチョ、スタンツオーネ、ポルポーラらは有名である。音楽ではオペラの創作上演が特に注目される。

ヨーロッパ人でなくてもナポリへの思いは強いものがあろう。私などはナポリ、ナポリと念じているうちに、いつの間にか、ナポリに行ったことがある、との錯覚に陥っていた。錯覚というよりは異常な思い込みである。変だな、と思って旧友のSさんに尋ねてみた。ドイツ気違いのSさんとドイツから帰る途中、ナポリに立ち寄ったように思いこんでいたのである。彼は年も若く記憶は健全だ。「そんなことはありません」と言われて私は夢から覚めたような思いであった。

薬の飲み方

しょっちゅう薬の厄介になるようになった。ところが、飲んだか、まだ飲まないか忘れてしまうことが多い。朝昼晩と飲むのだから、どうしてもそうなってしまうのだ。旧友に聞けばやはり似たような具合だという。

忘れないために、どうするか、いろいろ思案したあげく、こんな便法を思いついた。朝薬を飲み終えたら、昼の薬袋に〝未服〟と書いた紙片を差し入れておく。昼の薬のあとは、夜の薬袋にその紙袋を移す。翌朝は昨夜のうちに差し入れておいた紙片によってまだ飲んでいないことを確かめるという具合だ。それで忘れることは大分少なくなったが、その紙を入れておくことを忘れたり、入れても袋が大きいので隠れて見えなかったりする。紙片を大きくしたりして工夫を重ねた。

初めこれを思いついたとき、〝未〟だけでいいかナと思ったが、何でもメモは詳細かつ正確であることが肝心だ。中途半端だと役に立たないことになり易いと考える習慣がついていていたから、〝未服〟としたのである。現にこの〝未服〟の紙片がなくなっていて（その時は当然薬を飲むことを忘れていた）机の隅から出て来たことがある。〝未服〟だから薬のことと気が付くという次第。これが〝未〟だけだったらハテナということになっていたに違いない。

それでも、〝未服〟の紙がなくなり易い。それで、〝未服〟の薬を取り出した後その薬を目の前においたまま、〝未服〟の紙を次の袋にさし入れ、その後でジックリと薬を飲む習慣にした。

ボケの中で生活するには、何によらず習慣化が肝要である。これは私が到達した〝サトリ〟である。

歌の文句

散歩しているときなど、口をついて歌の文句がでてくる。はじめは何を歌っているのか自分でもわからない。そのうち、文句を思いだす。

……いざ戦わん、奮い立ていざ
ああインターナショナル我らがもの

ここまで来て、学生時代、大学の広場で知った歌だと思い出す。ふと口をついて出るのだが文句が思い出せず、「ラララ……」と歌（？）っていたが、これは未完成交響楽だと気が付いた。高校のころ、初めて聞いてわけが分からなかったが、二度目には感動したことを思い出した。さすがに「ラララララ……」の文句は止めて、節まわしを口ずさんだ。ラ・クンパルシーターについてもにたようなことがある。

口をついて出て来るのは、童謡あり、学校唱歌あり、軍歌あり、流行歌あり、様々だが、はじめは大抵文句も分からず、節まわしだけ。そのうち、文句もでてくる。例えば昔の小学校唱歌を口ずさみながらも何のことか分からないでいる。

……………

庭に一本《ひともと》ナツメの木
弾丸あとも著るく
崩れ残れる民屋に
今ぞあい見る二将軍

ここまで来て初めてはは一んと気づく。そんなことをしているうちにようやく冒頭の文句も思い出す。

旅順開場約なりて
敵の将軍ステッセル
乃木大将と会見の
所はいずこ、水師営

そのあと次々に思い出し、一番から七番までの文句を全部思い出した。我ながらその心酔ぶりに驚いた。昔の唱歌集でたしかめたら、間違っていたのはたった一カ所。「彼はたたえつ我が武勇、我はたたえつ彼の防備」の我と彼の順が逆であった。

蛇足ながら付け加えれば、最後に出て来る文句は、「銃音《つつおと》たえしし砲台に、きらめき立てり、日の御旗」であった。まことに「軍事・愛

中学校の頃（後列左から四人目が著者）

国的唱歌」である。

こんなふうに思い出せるのは、小学校の時のもので、中学以後は思い出せない。思考がやや複雑になって来ているからであろう。

オゴショヤマの山名の由来

会津の地名は、むかしむかし離れ離れに蝦夷征伐に出かけた四人の親王がこの地で相会ったということから起こったという。

その会津の一角にある、私の故郷の町喜多方には、西方に通称オゴショ山と呼ばれる山がある。子どもの頃から、私たちはこの山に親しみ、きのこ取りやわらび取りをしたり、冬はスキーを楽しんだりしたものだ。

おとなになってから、この山名は実は〝古四王山〟である、と聞いた。四人が会ったのはこの山だ、と言うのだ。ある人の話では、昔の喜多方（北方と書いた）の人々は、中央の役人がつけたらしいこの呼び名を嫌ったのか、古四王にことさらに〝お〟をつけ、「オゴショ」にしたのだ、という。〝古四王〟を尊敬するかに見せてその実「古四王」の字を無視し、四人とも地方の豪族である、としたという。

その言い伝えでは、四人は朝廷の命令で動いたのではなく、自分たちの村々を守るために戦った、ということになる。一般の人々も四角張った文字には親しめなかったに違いない。

今もオゴショ山の中腹には〝古四王神社〟があるが、大抵の人はその文字〝古四王〟には気をとめず、神社をオゴショ様と呼んでいるようだ。

ベキラのふち

座布団の上でごろ寝、ラヂオで目がさめた。ベキラのふち云々と聞こえた。「ベキラ、ベキラ、ベキラ……」と繰り返しながらまた眠り込んでしまった。はっきり目が覚めてからもベキラが気になる。さっきのは何の番組かと、新聞を見る。「日本の漢詩」という番組だと分かった。

そのうち、ふと思い出した。

ベキラのふちに波騒ぎ、サザンの雲は乱れ飛ぶ
混濁の世に我れ立てば悲憤に燃えて血潮わく

高校のころ仲間のあいだではやった歌だ。

が、ベキラが何なのかは依然として思い出せない。

漢詩の中での話なら、中国関係かな？ と思った――そして、上記歌詞が悲憤慷慨調なので、屈原のことかもと見当をつけた。辞典で調べると、さすが屈原。関係する慣用語がいろいろある。中に「祭屈原」という項があり、その中に〝(屈原は)汨羅《べきら》に投じて死す〟とあった(因みにこの汨羅江は湖南から江西に通じている)。そう、そう。汨羅といえば屈原、屈原と言えば汨羅だ、そんなことは中国史をやったものなら常識だ

(実は私は学生のころ〝専門〟が中国史であった)。サザンの方は、山には違いあるまいが、サの字は見当が着かずじまいであった。

ああ人栄え国滅ぶ、盲《め》しいたる民世に踊る

治乱興亡夢にて、世は一局の碁なりけり

よくもまあ、今どきこんな歌をしつこく覚えているもんだ、とも思うが、これは私にとって掛け替えのない青春の歌である。歌えば、旧友たちの顔がチラホラ目に浮かぶ。あいつら、どうしているだろうか……。

この歌詞は与謝野鉄幹の作と聞いた。二・二六事件の青年将校を称えたものだ。そんなことは気にせず、私たちは――右翼がかった奴も左翼がかった奴もいたが――これを歌った。この歳になれば青春は何とも懐かしい。

〝汨羅〟の文字で思い出すことがある。広州外国語大学の学生に、汨某という学生がいた。珍しい姓なので

「君の姓は〝汨羅〟の汨だね」と尋ねた。

「そうじゃありません」と学生は言った。「発音が全く違いますし、字も違います」

彼が書いて見せた字は〝汩〟である。さんずいに〝子曰く〟の〝曰〟だ。音がどうだったか忘れてしまった。それにしても漢字は実にややこしい。

この汩君とある日、どこかでひょっこり出会ったとき彼が尋ねた。

著者最後の訪中、家族で北京へ(二〇一〇年九月、かつて住んだ四合院近くのホテルにて)

「先生のお名前は何と読むのが正しいんでしょうか?」

私は口を大きく開いて答えた。

「テシロギコウスケだ」

「僕はテヒロギと勘違いしていました」

無理もない。日本人でさえ、テヨギ、タシロギ……ひどいのになるとテダイギなどと呼ぶ奴もいるのだから。

ついでながら、昔、小学校の先生から言われたことがある。

「君の名は立派だな。何しろ公を助けるんだから」

中学に入ったころには、あの先生の言ったのはチトおかしいなと感ずるようになった。「公が助ける、とは読めるが……」

事実小学校から大学まで、〝公〟立のお世話になりっぱなしだ。

ふざけた奴が「公然たる助べえ」と称したこともある。私の名前が立派なのかどうか、いまだに分からない。

TTPかTPPか?

私は子どものころから非常識であった。父母にとっても兄にとっても、「公助は非常識」が常識であった。だから一々文句を言わなかったし、私自身も「非常識」故に不便を感じたことはなかった。

戦後、旧制中学五年のとき、私は自治委員会の委員長になってしまった。実は委員長にふさわしいような奴は四年から高校（旧制）に入ったため、お鉢が俺に向かってきたのだった。それればかりでなく組合支部の委員長まで引き受けざるを得なかった。県の組合会議では県の役員たちが当然ややこしい事項をしゃべりまくる。そんなことは非常識な俺にはあまりよく分からなかったが、支部委員長の役目は何とかつとまった。いや、結構うまく行っていたと、今でも思っている。

そんな具合で自分の「非常識」さにコンプレックスなどを感じたことなどないのは、わが性格の「づうづうしさ」のせいかもしれない。

我々世代は旧制中学五年から新制高校の三年に進む場合が多かったが、前述したことは高校三年になっても同様であった。

そんなことで、俺は自分勝手に振る舞いながらも、結構〝人〟のためにもなっていたと自負している。

アルファベットの略号がやたら多いが、みなその意味を理解しているのか？　これらは多くは本来は英語らしいが、恐らく英米人も殆ど知らないに違いない。

まして日本人は……。

俺なんざあ知っているのはＰＴＡ――Parents-Teachers-Asociationくらい。ｓがちょっとおかしい……。

結局……Parent-Teacher-Asociationと判明。

あるとき仲間の間でＴＴＰなるものが問題となった。

旧制中学の頃

いい加減なことをしゃべったあと、ＴＴＰとは、Tactics Table Party（戦略密謀会議）のことならんか、とのオチに達した。

その後、ワープロのファイルの片隅に「ＴＰＰとは、Trans-Pacific-Partnership（太平洋横断連合?）のこと」とのメモが残っていたことに気が付いた。

どうやら、ＴＰＰについて、ＴＴＰなのか、ＴＰＰなのか、はっきりしないままある会合で、仲間に尋ねたところ〝前述〟のような話になったらしいが、さだかではない。

その後、ＴＰＰがはっきりしたので〝後述〟の方のメモを残したわけだが、その記憶も曖昧である。

何れにせよ、仲間の間でこんなやりとりがあったのはアルファベット式の略号の不合理さを示しているように思う。私の非常識のせいばかりではあるまい。恐らく日本人の大部分が、実はよくは知らないアルファベット式の略号を知っているつもりでいるのではあるまいか。

前述した仲間は、みな大卒で英語はそれなりに知っている。しかし、こんな簡単なアルファベットの組み合わせも分からない。いや、簡単だからこそ分からないのである。ＴＰＰなどという文字の組み合わせは無限にあるだろう（ＴやＰが表し得る言葉がすでに無限にある）。その中から該当する文字の組み合わせを選び出すなど、簡単にできるはずがない。このことは英語を日常的に使う英米人ならなお更のことであろう。

日本人は漢字という便利な文字に慣れている。こんなわけの分からない略号は止めて漢字の熟語にすればよいのだ。例えば、ＰＴＡなら「親師会」とでも標記するような習慣であったならば、子供でも大体の意味がわかるだろう。

そんなアルファベット略号と並んで、鼻持ちならぬのはカタカナ文字の氾濫だ。その大部分は英語から来たものであろうが、日本人の多くは英語を知っているつもりだから、意味が分かっている、と錯覚しているのではあるまいか。どの国の言語でも、一つの言葉には多様な意味がある。カタカナになっているのは、そんな単語の中の一つの（それも特別の）意味に過ぎない場合が多い。

犬と猫

わが家には犬猫嫌いの家風があったようだ。兄などは夜遅く猫の騒ぐ鳴き声が聞こえると、寝床をはなれて外に出て猫どもに石をぶっつけたりしたものだ。祖父母はもちろん父も母も生き物を飼うような気持ちはさらになかった。

近所にクンゾウ様という商家があった。田舎のならいで古い家にはサマをつけて呼んだのである。その家では恐らく町内でも随一の馬鹿でかい犬を飼っていた。あんまりデカイので、まわりの人々はこわくて迷惑に感じていたに違いない。この家の息子の八郎は、得意げになって犬の宣伝に努めた。隣家の住之助は私と同学年だったが、弟たちと一緒になってこの犬にだいぶ慣れ親んでいた。私もこわごわ犬に近づき何とか慣れることができたばかりでなく、仲間にもこの犬の宣伝をして楽しがった。

大学のころ下宿を替えた。三本足（四本目の足は空き缶だった）の机を肩に担ぎ、本を詰め込んだ三つの袋を腰にぶら下げて――〝財産〟はそれだけ――引っ越した。その家につくと、忽ち犬が出て来て我が足に噛み付いた。犬からみれば、噛み付くのも当然のいで立ちであったのかもしれない。医者に診てもらったら、狂犬病の恐れはないということであった。だから、犬恐怖症になることはなかった。

後年たまたま聞いた話。ある男が犬に噛み付かれて重症を負った。それからというもの、男はその犬がこわくてたまらず、引っ越そうとも考えたが、それもかなわず、ある日、とうとう〝始末〟してやろうと決意した。準備万端ととのえ——それがどんな準備であったかは知る由もない——ともかくも彼は恐怖に取りつかれながらも、人里はなれた山の中でことを済ませ、他人に知られずに済んだ。

死んだ娘は大の猫好きであった。どこかで手なずけた猫をつれて来て、明けても暮れても可愛がった。ところが、近くに猫が大嫌いな婦人がいて、その猫を捨ててくれと頼み込んで来た。頼まれては仕方がない。娘は文字通り泣く泣く捨てに行った。しかし、それで娘と猫との縁が切れたわけではなかった。彼女は毎日のように猫に会いに行っていたのである。彼女はそれなりの知恵をしぼって近くの神社の片隅に猫を住まわせたのだ。

その後、娘——親譲りの放浪癖があった——は米国に住んで、主に黒人社会で生活した。時々よこすはがきには必ずと言っていいほど、猫の絵が描かれていた。

その娘が黒人の男友達二人をわが家に呼んだことがある。彼らが話合うのを何となく側で聞いていたら、

「お父さん」と呼ぶ。「〝猫に小判〟ってよく言うわね？」

娘　由里と　（一九八九年八月）

「それがどうした？」

「ジョンが、〝それってcaviar to the generalのことだろう〟と言うのよ。ちょっと、おかしいわね」

「そんなこと俺が分かるはずないじゃないか」

と言いながらも、英和辞典を引いてみたが、要領を得ない。

後で聞くとジョンは日本語科の学生で、その教授が大変な日本通だとのこと。改めて、今度は和英辞典で〝猫〟の項を引くと「猫に小判＝caviar to the general」とあった。つまり、お説の通り猫は将軍であり、小判はキャヴィアであったわけだ。


何時だったか、散歩に出かけたとき、とある家の塀に猫が鎖でつながれているのを見た。それから大分たってから、そこを通った時も同様であった。よく見れば、猫はほとんどがんじがらめである。〝動物虐待〟という言葉を思い出したほどだ。これは一体どういうことか？　猫を溺愛するあまり、やたらに出歩いて危険に会わないようにとの配慮なのか、それとも他家に迷惑をかけないためなのか？

犬は鎖につないで連れあるき、猫は放し飼いにするのが常識のようだ。わが家の近くにある公園にはよく猫が集まってくる。大抵は雄と雌が逢い引きしている感じで、それもきまって二時ころになると、集まってくるのである。雄、雌が一匹でいるのは珍しいように見える。

街にはよく「犬猫の糞は飼い主が始末して下さい」という標識を見かける。飼い主が犬の糞をビニールに包んで持ち帰るのは今では常識であろう。しかし、猫の糞はどうなっているのだろうか？　昔は街中で犬の糞をよく見かけたものだが、今も昔も猫の糞はあまり見かけないようだ。猫には一定の場所（飼い主の家の付近など？）で脱糞する習性があるのだろうか。

喜兵衛、又三の弟子となる

故郷の老人からこんな話を聞いた。

昔、喜兵衛という百姓の子がいた。家はもとは金持ちであった。のちには天災などをへて両親をなくし、上の姉は身売り同様にして他家に嫁し、その次の姉はまだ年端も行かないのに、金持ちの家に売られて召し使いとなり、のちには生死もわからなくなった。

喜兵衛の方は、飯が来れば口をあけ、衣が来れば手を伸ばすという坊ちゃんの生活になれていた。両親がなくなってからは、まだ十歳にも満たぬのに、生活のため地主の家で働くことになった。毎日早くからおそくまで働き、夜は牛とともに寝て夜中に草をやるのである。冬は仕事が少ないが、主家では彼がぶらぶらしているのを嫌い、日夜縄をなわせた。来る年も又の年もこのようであった。

主家には職人が一人いて、大工と壁塗りができた。みんな彼を又三親方と呼んでいた。彼は喜兵衛が天涯孤独なのを知って、これを自分の弟子にしようという気があり、喜兵衛に言った。

「お前、身寄りがないんだってな、かわいそうに。俺が仕事を教えてやろうか。将来独立してやって行けるようにな」喜兵衛はこれを聞いて言った。

「又三親方、俺もそうしてえよ。だが春はすごく忙しいんだ」

夏が来たとき、又三親方がまた喜兵衛に言う。

「今じゃ日が長く夜は短い。仕事がおぼえられるぞ」

喜兵衛が即座に答えた。

「駄目だよ、暑すぎてやりきれないよ。ちょっと動けば汗だくになる。それに牛の世話はとても疲れるんだ。涼しくなってなら……」

秋が来て、親方がまた言う。

「だいぶ涼しくなったぞ。もういいだろう」

「手仕事を覚えるのはいいいんだけど、今んところ取り入れの仕事で一杯なんで……冬の暇なときなら……」

肌を刺す北風の季節が来て、農作業も少なくなった。又三親方はまた何度も喜兵衛を催促した。喜兵衛はやっとのことで又三を親方として仰ぐことになった。

一旦、親方につくと喜兵衛はあまりつべこべ言わなくなった。けっこう仕事が面白いらしい。喜兵衛ははたちを過ぎたころには、かなりこまごました仕事を覚えた。腕はあまりよくないが、それでも助手はつとまった。彼は主家を離れて、村で小屋をかり、朝から晩まで又三親方について人のために家を建て、家具を作った。いい暮らしがしたいので、家では菩薩様に供え物をし、年から年中それを拝んだが、なかなか豊かにはならない。

ある日の夜、仕事からの帰りに、荒れ果てた墓地に通りかかった。その夜は月がなく、真っ暗闇で、手を差し出しても五本の指が見えない。陰風がぴゅうぴゅう吹いて毛穴が縮むばかり。喜兵衛は二時間ほども歩きに歩いた。が、墓地からは抜け出せない。道に迷ったことに気が付いた。村人がいう〝鬼様〟出会ったに違いない。びくびくしながら、両足をメチャクチャに動かした。突然おーおーという鬼の叫びが聞こえたので、足の運びをゆるめた。このとき彼の面前に、真っ白な鬼が現れた。鬼は痩せてひょろ長く、頭には高い帽子をかぶり、身には白い靴をつけている。にんにく鼻、目は細く、舌は血でそまりやたら長い。喜兵衛はおびえて顔をかくし、

「鬼だ！　鬼だ！……」と連呼した。

鬼はそれを聞いて、アハハ……と大笑し、破れ扇をばたばたさせて言う。

「喜兵衛、今夜俺にゆき当たったのは幸運だぜ」

喜兵衛は、鬼が自分に話かけ、また悪意もなさそうなのを見て肝がいささか座って来た。「アンタにぶっつかったのが運がいいとは、またどうしてなんだね。アンタは菩薩様でもあるめえによ」

「ハハハ……。菩薩なんざあ、当てにならんさ。あんなのはただお偉いさんたちと、よろしくやっているだけよ。貧乏人には可愛いくないね。この俺様こそが貧乏人の味方なのさ」喜兵衛は聞いて半信半疑であった。

「アンタ、ほんとに貧乏人に儲けさせられんのか？」

「信じられんのなら、俺の頭の上の帽子を見ろ。《一目みれば、金が沸いて来る》とはっきり書いてあろうが」

このとき月が雲から抜け出してきた。墓地はにわかに一面の銀世界となった。喜兵衛は鬼の帽子の上の《金》の文字をはっきり見て取り、心中楽しくなった。鬼はもう何も言わなかった。手にまかせて一塊の瓦をひろいあげ、二つに割って片方を捨てて片方を喜兵衛に手渡した。喜兵衛が受け取って子細に調べてみると、確かに金だ！今度こそはきっと家を建て、妻をめとることができるぞ！　彼が鬼に対し拝して礼を言おうとしたときには、鬼はもうそこにはいなかった。そこで彼は意気揚々と山の歌を歌って家路についた。

しかし、彼は家の門口につくと、すぐまた転じて墓地に向かった。何故かというと、彼は思うのだ。

「鬼は俺を助けてくれたとはいえ、ただし、瓦半分の金だけじゃ、家を建て妻をめとったあと、気が付いてみると、相も変わらぬ素寒貧だなどということにならないとも限らない。鬼がすてて行った残りの半分を手に入れれば、金持ちになれよう」

墓地にもどったのは、そのためである。九十九もの墓を捜し回って汗だくになった。と、その時突然金塊が眼前に現れた。有頂天になって、ふところに大事にもっていた半分を取り出して合わせてみると、ぴったり合った。しかし、それとともに、金の色も光沢も消えうせて、ただの平凡な瓦になっていた。喜兵衛は怒ってこれを投げ捨てた。

喜兵衛は翌日の深夜、鬼に会いに行った。鬼は喜兵衛を見ると問いただした。

「昨夜、金の瓦をくれてやったばかりなのに、今夜も来たのはどうしたのだ」

喜兵衛は恥ずかしげに、ありのままを答えざるを得なかった。鬼は呵々大笑した。

「当然さ！」そう言うと鬼は歩きながら歌った。

喜兵衛、喜兵衛。金をもうけ、家を建てて嫁を取り、先祖大事に護ればいいのに
身のほど忘れて慾を張る、食っちゃ寝、食っちゃ寝、金塊変じてぼろ瓦
今じゃ、物乞いもままならぬ

声がきえたら、姿も見えなくなっていた。

その後、又三が世を去った。人々は又三の死を悲しんだ。次から次に人々が弔いにやって来て号泣した。それを目の当たりにして、喜兵衛は心のうちに思った。

「どうして俺は泣かないのだろう。一番泣いていいのが俺なのに。俺は金の瓦のことばかりに目がくらんでいたのだ」

喜兵衛は仕事をくれるものがいなくなったのに気が付いた。その時になって初めて喜兵衛は思った。

「そうだ。俺は親方の後を継がねばならぬ。親方のために泣くことよりも、親方のような仕事ができるようになることが肝心だ。親方はそれを一番望んでいる」

それからはなりふり構わず働いた。働くというより腕を磨くことに精を出した。かくて数年、喜兵衛は親方に迫るほどの腕になって行く。そうなって初めて喜兵衛は又三親方が類いまれな名工であったことに気が付いた。十数年後には、喜兵衛も又三親方と併称される名工になったのである。

あとがき

父が他界して二ヵ月ほどして、亡くなる直前まで書きためていたらしい原稿の束がでてきた。以前お世話になった田畑書店の石川次郎社長に出版の相談をしていた形跡があったので、ともかく一度読んでいただきたいと藁にもすがる思いでお電話し、とりあえず整理した原稿を神保町の田畑書店にお届けしたのは、二〇一五年七月のことだった。当時石川さんは社長の後任探しにくわえて体調がすぐれず大変な時期であったが、その後、新社長の大槻慎二さんと相談して出版を快諾してくださり、序文の執筆まで引き受けてくださった。出版を諦めかけていたところだったので誠にありがたかった。だがその矢先、二〇一七年の夏、石川さんは急逝されてしまった。底知れぬ見識と迫力をもった編集者だった。ご冥福をお祈りする。その後、編集作業は大槻新社長のご尽力により順調に進み、このたび出版の運びとなった。石川さん、大槻さんに心よりお礼申し上げたい。父の死は突然のことであったが、本書の出版を準備する中で繰り返し父の文章との対話を楽しめたこの五年間は、息子として本当に幸せな時間だった。中国体験を含め長年父と苦楽を共にしてきた母萩子とともに本書の出版を喜びたい。

最後に父の葬儀の際、親族に配った弟手代木建の文章を再録してむすびとさせて頂きたい。

二〇二〇年　一月

手代木有児

＊　＊　＊

父の旅立ちに寄せて

手代木公助という人は本物の自由人なのだった……。

このたび父の死に様に接し、あらためてそう思い知りました。

父はよくも悪くも世間の常識に縛られない人でした。退職を待たずに中国に渡ったことは象徴的ですが、これほど奔放にやりたいことをやった人は日本中を探してもそうはいないと思います。その思い切りのいい行動力は、かつて「大根の根っこを食ってでも生き延びる野人」と評された、太くて柔らかな生命力のあればこそでしょう。

近年、その生命力が目に見えて衰えました。近所の病院で薬をもらったりタバコを買ったりはできるものの、電車に乗っての遠出となると決まって道に迷うようになりました。目的地にたどり着けずに帰って来たことも一再ではありません。

昨夏、そんな道行きの果て路傍に倒れ、救急病院に運び込まれた「事件」が、父にもたらしたダメージはとても大きなものだったと思います。察するに父は、自立と自律こそが自由の前提であるという大原則を、ほかの何を忘れても繰り返し肝に銘じていたはずだからです。それくらい彼は、日々知力の衰えに抗う努力と工夫を繰り返していました。

今回の成り行きは常識的には紛れもない凶事ですが、父にしてみれば心の奥深くで切に望んだことではなかったかと、今思います。「自分の尻を自分で拭く」自信が傍目にも揺らいだその矢先、かくも軽やかに旅立てたのは、自由ということの意味を意識の上にも下にも深く刻んでいたからこそでしょう。父の姿に本物の自由人を見るゆえんであります。

幽霊、占いといったことが話題に上ると「非科学的だ」と思い切り顔をしかめるくせに、怪談をこよなく愛した父のこと、今ごろは意気も揚々、黄泉の国を目指しているることでしょう。再び自由を得た彼の、おそらくは輝かんばかりの笑顔をみなさまお一人おひとりが心に描いてくださったなら、冥府の父は大いなる糧を手にすることと思います。

本日はお忙しい中、遠方までお越しいただき、誠にありがとうございました。ここに深く御礼申し上げます。

二〇一五年一月二十六日

遺族一同

手代木公助主要著作目録

【著書（エッセイ）】

『胡同の片隅から』清水書院、一九九二年

『北京の老百姓』田畑書店、一九九六年

『夷客有情』東洋書店、二〇一二年

『中国の怪談奇談』東洋書店、二〇一三年

【研究論文】

「戊戌より庚子に至る革命派と変法派の交渉」『近代中国研究』第七輯、東京大学出版会、一九六六年

【翻訳】

袁枚『子不語』（全五冊）平凡社東洋文庫、二〇〇八～二〇一〇年

【その他】

『アジア歴史事典』平凡社編、分担執筆、平凡社、一九六一年

『伝えておこう君たちへ―教師たちの戦争体験』千葉県高等学校教職員組合平和教育推進委員会編、分担執筆、民衆社、一九八三年

『高等学校　世界史』共著、清水書院、初版、一九八三年、改訂版、一九八六年、三訂版、一九八九年

「北京の老百姓」『日中友好新聞』日中友好協会、一九九三年四月―～一九九四年八月

手代木公助（てしろぎ　こうすけ）
1931 年、福島県喜多方市に生まれる。55 年、東京大学文学部卒業。58 年、東京大学人文科学研究科修士課程修了。
58 年から 59 年まで、近代中国研究委員会研究員（日中関係史）
59 年から 86 年まで、私立、公立の高校に勤務。86 年から 91 年まで、広州、北京に遊歴。この間、広州外国語学院、華南師範大学、北方工業大学等に勤務。94 年から 2010 年まで、日中友好協会理事を務める。2015 年、死去。
主な著書・論文に、『胡同の片隅から』（1992 年、清水書院）、『北京の老百姓』（1996 年、田畑書店）、「戊戌より庚子に至る革命派と変法派の交渉」（1966 年、東京大学出版会『近代中国研究』第七輯）。訳書に、袁枚『子不語』〈全五冊〉（2008 ～ 2010 年平凡社東洋文庫）がある。

田畑書店

老百姓、再び！

2020年3月20日　第1刷印刷
2020年3月25日　第1刷発行

著　者　手代木公助

発行人　大槻慎二
発行所　株式会社 田畑書店
〒102-0074　東京都千代田区九段南3-2-2　森ビル5階
tel 03-6272-5718　fax 03-3261-2263
装幀・本文組版　田畑書店デザイン室
印刷・製本　モリモト印刷株式会社

Printed in Japan
ISBN978-4-8038-0372-3 C0095
定価はカバーに表示してあります
落丁・乱丁本はお取り替えいたします